Marie Darrieussecq
Schweinerei

Roman

Aus dem Französischen
von Frank Heibert

Carl Hanser Verlag

Die Originalausgabe erschien 1996 unter dem Titel
Truismes
bei P. O. L. in Paris.

2 3 4 5 01 00 99 98 97

ISBN 3-446-18924-6

Satz: Satz für Satz. Barbara Amann, Leutkirch
Druck und Bindung: Clausen & Bosse, Leck
Printed in Germany

»Dann stößt das Messer zu; der Knecht drückt zweimal an, um es durch die Schwarte zu bringen, dann ist es, als schmelze das lange Messer durch die fette Gurgel bis an den Schaft hinein. Erst spürt der Eber gar nichts, er liegt einige Sekunden da und denkt ein wenig. Dann aber begreift er, daß er getötet ist, und jetzt quiekt er seine erstickten Schreie hinaus, bis er nicht mehr vermag.«

Knut Hamsun, *Benoni*

Mir ist bewußt, in welchem Maße diese Geschichte Wirbel und Unruhe auslösen könnte, und manche Menschen wird sie sicher verstören. Ich kann mir auch denken, daß sich der Verleger, der dieses Manuskript annimmt, unendlich viel Ärger einhandelt. Selbst das Gefängnis wird ihm wohl nicht erspart bleiben, und ich möchte mich schon im voraus ganz herzlich bei ihm für alle Unannehmlichkeiten entschuldigen. Aber ich muß dieses Buch ohne jede weitere Verzögerung schreiben, denn wenn ich in meinem jetzigen Zustand gefunden werde, wird mir niemand zuhören, geschweige denn Glauben schenken. Ich bekomme ja schon fürchterliche Krämpfe, wenn ich nur einen Stift halte. Licht fehlt mir auch, ich muß mich bremsen, wenn es Nacht wird, und ich schreibe sehr, sehr langsam. Ich will gar nicht von den Schwierigkeiten reden, dieses Heft aufzutreiben, oder von dem Schlamm, der alles beschmutzt und die kaum getrocknete Tinte verschmiert. Ich hoffe, der Verleger, der sich die Mühe macht, diese saumäßige Handschrift zu entziffern, wird mir zugute halten, daß ich mich furchtbar angestrengt habe, so leserlich wie möglich zu schreiben. Schon das Erinnern fällt mir schwer. Aber wenn ich mich ganz stark konzentriere und versuche, soweit ich nur kann zurückzugehen, das heißt, bis kurz vor die Ereignisse, dann gelingt es mir, viele Bilder wiederzufinden. Zugegeben, das neue Leben, das ich führe, die einfachen Mahlzeiten, mit denen ich mich begnüge, die rustikale Unterbringung, die mir durchaus zusagt, und diese erstaunliche Fähigkeit, selbst Frost zu ertragen, die ich mit dem nahenden Winter an mir entdecke, all das läßt mich meinem vorherigen Leben mit seinen mühseligen Seiten keine Träne nachweinen. Ich weiß noch, daß ich zu der Zeit, als alles anfing, arbeitslos war und mich die Suche nach einer neuen Stelle in eine Verzweiflung stürzte, die ich heute nicht mehr verstehen kann. Ich möchte den Leser, vor allem den arbeitslosen Leser, inständig bitten, mir diese ungehörigen Worte zu verzeihen. Aber ich fürchte, es wird in diesem Buch bei einer Ungehörigkeit nicht bleiben; und ich bitte jeden, der sich unter Umständen schockiert fühlt, mir dies freundlicherweise nachzusehen.

Ich suchte also Arbeit. Ich ging zu Bewerbungsgesprächen. Nichts kam dabei heraus. Bis ich schließlich eine *Initiativbewerbung*, allmählich fallen mir die Wörter wieder ein, an eine große Parfümeriekette schickte. Der Generaldirektor nahm mich auf den Schoß und betätschelte meine rechte Brust, die er offensichtlich wunderbar elastisch fand. In jener Phase meines Lebens fanden mich alle Männer plötzlich wunderbar elastisch. Ich hatte etwas zugenommen, vielleicht zwei Kilo, weil ich auf einmal ständig hungrig war; und diese zwei Kilo hatten sich harmonisch über meinen ganzen Körper verteilt, das sah ich im Spiegel. Ich trieb keinen Sport und betätigte mich auch sonst nicht in besonderer Weise, aber meine Haut war straffer, glatter, praller als je zuvor. Heute ist mir klar, daß diese Gewichtszunahme und die prachtvolle Qualität meiner Haut wohl die allerersten Symptome gewesen sind. Der Generaldirektor hielt meine rechte Brust in der einen, den Vertrag in der anderen Hand. Ich spürte, wie mein Busen bebte, das kam von der Aufregung darüber, daß dieser Vertrag bald unterschrieben sein würde, aber auch von diesem, wie soll ich sagen: *pneumatischen* Aussehen meines Fleisches. Der Generaldirektor erklärte mir, in der Parfümerie komme es darauf an, immer schön und gepflegt zu sein, und der knapp sitzende Schnitt des Arbeitskittels würde mir gefallen, der stünde mir bestimmt sehr gut. Seine Finger waren ein Stück nach unten gewandert und knöpften auf, was es dort aufzuknöpfen gab, doch dafür mußte der Generaldirektor den Vertrag auf seinen Schreibtisch legen. Ich las über seine Schulter hinweg in dem Vertrag, immer wieder, diese Halbtagsstelle würde mir fast die Hälfte des Mindestlohns einbringen, ich würde es mir sogar leisten können, mich an der Miete zu beteiligen und ein, zwei neue Kleider zu kaufen; in dem Vertrag stand außerdem, daß ich bei der jährlichen Räumung des Lagers Anspruch auf Kosmetika hatte, an die größten Markennamen kam ich nun heran, die teuersten Parfums! Der Generaldirektor hatte mich vor ihm niederknien lassen, und während ich meine Aufgabe erledigte, dachte ich an all diese Mittel zur Schönheitspflege und wie gut ich riechen würde, wie ausgeruht mein Teint aussähe. Bestimmt würde ich Honoré noch besser gefallen. Honoré hatte ich an dem Morgen kennengelernt, als ich den fünften Frühling in Folge meinen alten Badeanzug aus dem Schrank holte. Als ich ihn anprobierte, fiel mir auf, daß meine Schenkel rosig und fest geworden waren, muskulös und rund zugleich. Das Essen bekam mir gut. Also gönnte ich mir einen Nachmittag im Aqualand. Draußen regnete es, aber im Aqualand ist immer schönes, warmes Wetter. Einmal Aqualand, das machte fast ein Zehntel meiner monatlichen Arbeitslosenunterstützung aus, und meine Mutter war damit ganz und gar nicht einverstanden. Sie wollte mir nicht mal ein Ticket für die Metro geben, und um durch die Sperre zu kommen, mußte ich mich ganz eng an einen Herrn drücken. Davon gibt es immer eine Menge, die an den Metro-Sperren auf junge Mädchen warten. Ich merkte wohl, daß ich auf den Herrn wirkte, wesentlich mehr als normalerweise, das sagt schon alles. In den Umkleidesalons vom Aqualand mußte ich unauffällig meinen Rock auswaschen. Dort heißt es immer aufpassen, daß die Türspalten auch ordentlich verstopft sind, und man muß sich zu verflüchtigen wissen, wenn der Salon bereits von einem Paar besetzt ist; auch dort gibt es Herren, die vor den Türen auf der Damen-Seite warten. Im Aqualand kann man leicht seinen Lebensunterhalt verdienen, aber ich habe mich stets geweigert, auch zu den Zeiten, als meine Mutter drohte, mich vor die Tür zu setzen. In dem verlassenen Umkleidesalon zog ich mich schnell aus und streifte meinen Badeanzug über, und in dem vergoldeten Spiegel, der einen immer gut aussehen läßt, fand ich mich wieder unglaublich schön, tut mir leid, wenn ich das so sage, aber wie aus einer Zeitschrift, bloß noch mehr zum Anbeißen. Ich seifte mich mit den Gratispröbchen ein, die so gut riechen. Die Tür ging auf, aber es kamen nur ein paar Frauen herein, kein Mann, und wir hatten einigermaßen unsere Ruhe. Die Frauen zogen sich lachend aus. Sie waren eine Gruppe reicher Moslimen, die zum Schwimmen sehr lange, prachtvolle Kleider trugen, und beim Duschen zeichneten sich ihre Körper unter den durchscheinenden Schleiern ab. Die Frauen umringten mich und riefen aus, wie schön ich sei, und dann schenkten sie mir einen Probeflakon von einem schicken Parfum und etwas Kleingeld. In ihrer Mitte fühlte ich mich sicher. Das Aqualand ist ein Ort zum Relaxen, aber aufpassen muß man schon. Deshalb habe ich, als Honoré im Wasser auf mich zukam, erst mal die Flucht ergriffen und bin ihm schwungvoll davongekrault, vielleicht hat ihn das am meisten bezaubert (damals konnte ich sehr gut schwimmen). Aber als er mich später auf ein Glas in die Tropical Bar einlud, sah ich gleich, der ist ein anständiger Mann. Wir saßen beide tropfend in der Tropical Bar, wir schwitzten in unseren nassen Badesachen, ich sah mich ganz rot in den vielen Deckenspiegeln, ein großer Neger fächelte uns zu. Wir tranken zuckersüße, grellbunte Cocktails, dazu lief karibische Musik, mit einemmal waren wir ganz weit weg. Dann ging die Wellenmaschine los. Honoré erzählte mir, für gewisse Privatempfänge würden Haie in das Schwimmbad gesetzt, die hatten fünf Minuten Zeit, die langsameren Gäste zu verschlingen, bevor sie selber in dem Süßwasser starben. Offenbar brachte das ganz besonderen Schwung in die Partys, und dann planschten alle bis zum frühen Morgen in dem roten Wasser. Honoré war Professor an einem großen *College* in der Vorstadt. Privatpartys fand er widerlich. Er ging doch nicht mal zu den Festen seiner Studenten. Ich hätte ja gerne studiert, sagte ich zu ihm, und er darauf, bloß nicht, die Studenten seien allesamt verdorben und verkommen, er komme nämlich ins Aqualand, um gesunde junge Mädchen kennenzulernen. Wir haben uns gut verstanden, Honoré und ich. Er fragte mich, ob ich denn manchmal zu Privatpartys ginge. Noch nie, sagte ich, ich kenne doch niemanden. Da meinte er, er würde mich mit Leuten zusammenbringen. Anfangs hat mich das zu ihm hingezogen, daß dieser Junge nicht nur anständig war, sondern mir auch noch seine Beziehungen anbot, dabei hatte Honoré überhaupt keine Beziehungen. Trotz seiner Position schaffte er das nicht, vielleicht hoffte er ja, durch mich an *exklusive* Einladungen ranzukommen. Bevor wir das Aqualand verließen, kaufte mir Honoré in einer der schicken Boutiquen ein Kleid aus durchscheinendem Lazuré, das habe ich immer nur für ihn angezogen. Im Anprobesalon der schicken Boutique haben wir uns zum erstenmal geliebt. Ich sah mich im Spiegel, ich sah Honorés Hände auf meinen Hüften und wie seine Finger geschmeidige Furchen in die Mulden meiner Haut zogen. Noch nie, keuchte Honoré, noch nie sei er einem so gesunden Mädchen begegnet. Inzwischen waren auch die Moslimen in den Laden gekommen, man hörte sie in ihrer Sprache schwatzen. Honoré zog sich wieder an und ließ die Augen nicht von mir, mir war ein bißchen kalt, so splitternackt. Die Dame von der Boutique bot uns Pfefferminztee und Kekse an. Sie schob sie unter der Tür des Anprobesalons durch, so diskret und schick war sie. Ich dachte mir, so was in der Richtung würde ich auch gerne machen. Letzten Endes unterschied sich dann meine Arbeit in der Parfümerie gar nicht so sehr davon. Da gab es für jedes Parfum einen Anprobesalon; die große Kette, bei der ich angestellt war, verkaufte alle möglichen Parfumsorten, die man an verschiedenen Körperstellen probieren mußte, dann hieß es abwarten, ob sie sich gut oder schlecht entwickelten, das dauerte. Ich plazierte die Kundinnen auf das große Sofa im Anprobesalon und erläuterte ihnen, daß nur der entspannte Körper alle Nuancen eines Parfums entfaltet. Ich hatte eine Fortbildung als Masseuse absolviert. Ich verteilte Velium und Schwanenflaumextrakt. Das war kein unangenehmer Beruf. Jedenfalls, als die Moslimen fort waren, nach Einkäufen im Wert von fast fünftausend Euros mit ihren *Internet Cards*, da versprühte die superschicke Verkäuferin vor unseren Augen überall im Laden Air-Fresh-Parfum. Niemals, habe ich zu Honoré gesagt, niemals würde ich mir eine solche Geschmacklosigkeit erlauben, wenn ich eine schicke Boutique hätte. Worauf Honoré meinte, mit einem solchen

Körper und einem so strahlenden Aussehen könne ich jeden schicken Laden haben, den ich wolle. Letzten Endes hat er sich nicht getäuscht. Aber er hielt nicht viel davon, daß ich arbeitete. Er fand, Arbeit verdirbt die Frauen. Allerdings war ich richtig enttäuscht, daß er sich trotz seiner angesehenen Position nur eine popplige Zweizimmerwohnung in der näheren Vorstadt leisten konnte. Da habe ich mir sofort gesagt, schon aus reinem Anstand mußt du jetzt bei der Arbeit doppelt zulangen, um ihm zu helfen.

Zu dieser Zeit, gleich an den ersten Tagen in der Parfümerie, fingen die Kundinnen an, meinen strahlenden Teint zu loben. Ich war die beste Werbung für das Unternehmen. Der Laden lief wie geschmiert mit mir. Der Generaldirektor beglückwünschte mich. Nun saß die Arbeitsuniform auch wirklich sehr gut, ein weißer Kittel, seriös wie aus einer Schönheitsklinik, eng anliegend und mit tiefem Ausschnitt im Rücken und an den Brüsten. Zur gleichen Zeit rundete sich auch mein Busen, genau wie die Schenkel. Irgendwann war der Punkt erreicht, wo ich mich von meinen Körbchen Größe B verabschieden mußte, die Rundbügel taten mir weh. Meinen ersten Lohn hatte ich noch nicht bekommen, nur einen kleinen Vorschuß, weil es in der Zahlstelle eine Computerpanne gab, und ich konnte mir keine Körbchen Größe C kaufen. Aber der Generaldirektor beruhigte mich und sagte, in meinem Alter halte das von alleine, ich bräuchte doch gar keinen BH. Und es stimmte schon, das Ganze hielt sich erstaunlich gut, selbst als ich zur Größe D überging; aber da wurde ich schwach und kaufte mir einen neuen BH von dem Geld, das ich in kleinen Beträgen aus der Haushaltskasse abgezweigt hatte. Honoré fragte gleich nach, er wußte, daß ich meinen Lohn noch nicht bekommen hatte, aber ich gab nichts zu, obwohl mich dieser kleine Verrat heute noch quält. Armer Honoré, er konnte sich doch überhaupt nicht vorstellen, wie das ist, ohne BH hinter dem Bus herzurennen, mit so einem Brustumfang. Im Laden hatte ich immer mehr männliche Kunden, und sie zahlten gut, der Generaldirektor kam fast jeden Tag vorbei, um die Kasse zu leeren, er war sehr zufrieden mit mir. Meine Massagen hatten einen durchschlagenden Erfolg, ich glaube sogar, der Generaldirektor ahnte schon, daß ich aus eigenem Antrieb begonnen hatte, Spezialmassagen anzubieten, dabei läßt man den Verkäuferinnen für gewöhnlich etwas Zeit, bevor man sie dazu auffordert. All diesem Geld hatte ich es zu verdanken, daß ich nicht nach ein paar Wochen wieder auf der Straße stand, der Generaldirektor zwang mich zu gar nichts, alles spielte sich mit größter Diskretion ab. Der Generaldirektor war richtig anständig. Er ließ mich ziemlich lange in Ruhe, wahrscheinlich dachte er, ich wäre müde von der vielen Arbeit. Aber ich war mein Lebtag noch nicht so in Form gewesen. Und das hatte nichts mit Honoré zu tun. Auch nicht mit meiner neuen Arbeit, obwohl sie mir sehr gut gefiel, und mit dem Geld genausowenig, das kriegte ich sowieso erst sehr spät und nur zum

Teil, und auf eigenen Füßen hätte ich davon auch nicht stehen können. Nein, in meinem Kopf schien gewissermaßen immer die Sonne, sogar in der Metro, sogar in dem Matsch dieses Frühlings und dem staubigen kleinen Park, wo ich mittags mein Sandwich verzehrte. Dabei war das, objektiv betrachtet, gar kein so einfaches Leben. Ich mußte früh aufstehen, aber komischerweise fiel es mir leicht, mit dem Hahnenschrei – oder was dem in der Stadt entspricht – wach zu werden, ganz von allein, ich brauchte abends kein Velium und morgens kein Captagen mehr, während Honoré und alle anderen in meiner Umgebung sich weiterhin damit vollstopften. Recht unbequem war aber auch, daß ich gar keine Zeit mehr hatte, in Ruhe zu essen, dabei hatte ich ordentlich Appetit, der kam mir schon, wenn ich den kleinen Park betrat, ein furchtbarer Heißhunger; die frische Luft, die Vögel, ich weiß nicht, alles, was von der Natur übriggeblieben war, hatte plötzlich so eine Wirkung auf mich. Meine Freundinnen witzelten, »Das ist der Frühling«, sagten sie, eifersüchtig auf Honoré und eifersüchtig auf meine Schönheit, zugleich aber auch geschmeichelt, daß ich sie trotz meines Erfolges immer noch ab und zu anrief. Und dann die Kunden, na ja, das war manchmal weniger lustig, ich hatte kaum noch Kundinnen, ich glaube, die kriegten es im Laden mit der Angst zu tun, da herrschte eine seltsame Atmosphäre. Die Kunden probierten manchmal Dinge aus, die ich nicht mochte, und normalerweise hätte mich das doch deprimieren müssen; aber ganz und gar nicht, ich war immer quietschvergnügt. Die Kunden fanden das toll. Sie sagten alle, ich wäre so unglaublich gesund. Ich wurde richtig stolz, stolz auf mich, meine ich. Aber auch das war es nicht, was mir diese Bombenlaune verschaffte, dieses aufregende Gefühl, ein neues Leben zu beginnen. Eine meiner letzten Kundinnen, eine Getreue, die nicht auf den Mund gefallen war, hat mir dann den Floh ins Ohr gesetzt. Beruflich war sie *Schamanin* bei der Tageszeitung und schwerreich. Ich massierte sie gerade, als sie mir sagte, das sei bestimmt hormonell bedingt. Ich erzählte ihr, was meine Freundinnen sagten, im Frühling steigt der Saft und so, aber die Kundin beharrte: »Nein, nein«, sagte sie, »das kommt von innen. Wissen Sie sicher, daß Sie nicht schwanger sind?« Im selben Monat setzte meine Regel aus. Bei dem Gedanken blieb mir gewissermaßen die Spucke weg. Honoré sagte ich nichts davon. Die Kundin war schon älter, sie hatte viel Lebenserfahrung, ich mochte sie gern. Sie gehörte zu denen, die bei der Massage gern plaudern, ich glaube, sie war frigide, könnte man sagen. Das muß ihr gefallen haben, mich anzuschauen, so schön und jung und gesund, wie alle immer sagten. Und zu glauben, daß ich schwanger war, erregte sie bestimmt noch mehr, ich weiß auch nicht, wie ich es sagen soll. Es gibt ja immer weniger Babys. Ich für meinen Teil hatte nichts gegen Babys, manchmal sah ich welche im kleinen Park. Jedenfalls wurde mein Hunger immer größer, und die Kundin entdeckte überall Symptome. »Haben Sie Gelüste?« fragte sie. Sie kam jetzt jeden Tag zur Massage, die

Kunden meckerten herum und nannten sie *die alte Schachtel.* Ich hatte keine Gelüste, eher Widerwillen. »Das ist dasselbe«, befand sie und fragte nach Einzelheiten. Ich konnte kein Schinkensandwich mehr essen, davon wurde mir ganz übel, einmal, im kleinen Park, hatte ich mich sogar übergeben müssen. Das sah ganz ungepflegt aus. Zum Glück war es noch zu früh, als daß mich ein Kunde oder der Generaldirektor hätte sehen können. Sofort habe ich auf Hühnchen umgestellt, das ging besser runter. »Sehen Sie«, sagte die Kundin, »Sie haben Lust auf Hühnchen, ich konnte bei meinem ersten Sohn kein Schweinefleisch vertragen, das muß man sowieso strikt vermeiden, wenn man schwanger ist, wegen der Krankheiten.« Ich wußte, daß die Kundin gar keine Kinder hatte, ein Kunde hatte mir erzählt, sie sei lesbisch, *als hätte sie's erfunden*. Meine Regel ließ weiter auf sich warten. Ich bekam immer mehr Hunger, und um meinen Speiseplan etwas abwechslungsreicher zu gestalten, nahm ich mir hartgekochte Eier mit und Schokolade. Es war schwer, frisches Gemüse zu erschwinglichen Preisen zu finden, ich hatte einen Kunden gebeten, mir etwas aus seinem Haus auf dem Land mitzubringen, und er schenkte mir auch Äpfel. Das hätten Sie sehen sollen, wie ich diese Äpfel verschlang. Im kleinen Park hatte ich nie genug Zeit, richtig hineinzubeißen, sie richtig zu kauen, ich hatte den ganzen Mund voller Saft, das krachte unter meinen Zähnen, das war ein Geschmack! Meine paar Minuten Pause im kleinen Park, mit meinen Äpfeln, inmitten von lauter Vögeln, sie stellten gewissermaßen mein Lebensglück dar. Ich hatte Gelüste nach Grün, nach Natur. Ich hatte mich dazu überreden lassen, ein Wochenende bei diesem Kunden zu verbringen, und damit Honoré nichts sagte, schob ich einen Lehrgang vor. Es war eine einzige Enttäuschung. Das Haus des Kunden war schön, es stand mitten unter Bäumen und ganz einsam auf dem Land, so etwas hatte ich noch nie gesehen. Aber ich mußte das ganze Wochenende drinnen verbringen, der Kunde hatte ein paar Freunde eingeladen. Durch das Fenster sah ich Felder und Sträucher, ich hatte das, man könnte sagen: ausgefallene Bedürfnis, mich kopfüber hineinzustürzen, mich im Gras zu wälzen, es zu beschnüffeln, zu essen. Aber der Kunde hielt mich das ganze Wochenende über an der Leine. Auf der Rückfahrt hätte ich heulen können. Ich wollte im Auto gar nichts mehr mit ihm machen, außerdem ist das gefährlich auf der Autobahn, und dieses Trampeltier hat mich gleich an der ersten Einfahrt zur Stadt rausgeschmissen, rücksichtslos, und in die Parfümerie ist er auch nie wieder gekommen. Da hatte ich einen guten Kunden weniger. Als ich nach Hause kam, fing ich an zu bluten. Mir tat der Bauch furchtbar weh, ich konnte kaum noch gehen. Honoré sagte nur, Frauen hätten auch immer Malaisen mit dem Bauch. Er war so nett und bezahlte mir den Gynäkologen. Der hatte es allerdings sehr eilig, er meinte, ich hätte eine Fehlgeburt gehabt. Dann stopfte er mir Unmengen Watte da unten rein und schickte mich in eine Klinik. Das war vielleicht teuer, die Ausschabung. Dabei wußte ich ganz sicher, daß ich nicht schwanger war. Ich weiß auch nicht, was plötzlich in mich gefahren war, daß ich dem Gynäkologen in diesem Punkt widersprach, jedenfalls kriegte er einen Wutanfall und nannte mich eine kleine Schlampe. Ich habe mich nicht getraut, ihm zu erzählen, was mit dem Kunden und seinen Freunden passiert war. In der Klinik haben sie mir sehr weh getan, und alles für nichts und wieder nichts, da bin ich mir sicher. Ich meine, wenn man schwanger ist, weiß man das doch. Man merkt es seinem Körper an, diesen Muttergeruch, und ausgerechnet ich, die ich eine so empfindliche Nase bekommen hatte, ich konnte nichts dergleichen auf meiner Haut riechen. Im übrigen bin ich fest davon überzeugt, daß sich meine Kunden, abgesehen von dieser etwas eigenartigen Frau, alle von mir abgewandt hätten, wenn ihnen meine Schwangerschaft aufgefallen wäre. Sie mochten mich gesund, aber doch nicht so gesund. Noch heute tut mir der Bauch manchmal weh von all dem, was sie in der Klinik mit mir gemacht haben. Aber ein Weibchen bin ich trotz alledem geblieben. Es gibt einen weiteren Grund, warum ich bis heute behaupte, daß ich nicht schwanger war: Fast sofort nach der angeblichen Fehlgeburt ist meine Regel wieder ausgeblieben, und dieselben Symptome, der Hunger, der Ekel, die zunehmenden Rundungen, sind zurückgekehrt. Trotz dieser paar Unannehmlichkeiten – oder deswegen, falls das alles in einem Zusammenhang stand – war ich weiterhin bester Laune. Die ältere Kundin hing mehr denn je an mir. Sie ließ nicht locker, berührte meinen

Bauch und zeigte ihn mir im Spiegel. Auch am Bauch wurde ich ganz rund, ein bißchen zu sehr für meinen Geschmack. Doch die Kunden fanden mich weiterhin furchtbar sexy, nur das zählte. Sie standen inzwischen schon Schlange. Die Kundin verbrachte viel Zeit bei mir, sie war die letzte Frau, die noch in die Parfümerie kam, und im Grunde auch meine letzte Freundin, weil mein *Glanz*, wie sie es nannte, all meine alten Freundinnen gewissermaßen entmutigt hatte. Ich plauderte gern mit der Kundin, ihr Körper war mir nicht unangenehm, ich fand es interessant, mir anzuschauen, wie ich in ein paar Jahren aussehen würde. In dem Punkt habe ich mich allerdings geirrt. Die Kundin schenkte mir ein paar ihrer Kleider, die man noch gut anziehen konnte, und einmal sogar Schmuck, den sie nicht mehr trug. Die Kundin wurde dann ermordet. Eines Tages kam sie nicht mehr, und ihre Leiche wurde in dem kleinen Park gefunden, unter einem Baum. Das soll kein schöner Anblick gewesen sein. Von da an ist mir öfter eine ihrer Freundinnen begegnet, ganz in Schwarz, die unter die Bäume des kleinen Parks kam, um sie zu beweinen. Schön, wenn man solche Freundinnen hat. Ich hatte diese Kundin jedenfalls nicht mehr zum Plaudern und stand jetzt mit dem Problem meiner Regel alleine da, die blieb nämlich weiterhin aus. In gewisser Weise war ich auch erleichtert, die Kundin nicht mehr zu sehen, schließlich wußte ich genau, daß ich nicht schwanger war, das hatte sie sich bloß immer gewünscht, bis ich am Ende ganz durcheinander war. Wenigstens hatten die männlichen Kunden andere

Sorgen. Sie schauten mich nicht an, um herauszufinden, wie es mir ging, sie kümmerten sich eigentlich nur um sich selbst, und es machte sie ganz stolz, wenn sie mich betatschen konnten. Im Grunde kam mir ihre relative Gleichgültigkeit ganz gelegen, ich fand mein Bäuchlein nämlich inzwischen zu ausgeprägt, nicht mehr so hübsch wie früher; aber da ich nur noch Stammkunden im Laden empfing, brauchte ich keine neuen Blicke zu fürchten, die mich gewissermaßen wirklich gesehen hätten. Alle meine Kunden wußten, daß ich nach ihrem Geschmack war, und das genügte ihnen, da brauchten sie nicht woanders zu suchen, und eine Veränderung meiner Person wäre ihnen sowieso *ungebührlich* erschienen, ich glaube, das ist das Wort. Erst später habe ich über all das nachgedacht. Ich lernte sie allmählich gut kennen, meine Kunden, vor allem, da sich mein Halbtagsjob unmerklich in eine Ganztagsstelle verwandelt hatte, damit ich auch alle drannehmen konnte. Ich kam, jetzt kann ich es ja sagen, auf merkwürdige Ideen, wie ich sie nie zuvor gehabt hatte. Ich fing an, meine Kunden zu beurteilen. Ich hatte sogar Vorlieben. Es gab Männer, bei denen wurde mir richtig unwohl, wenn sie kamen, zum Glück gelang es mir, das nicht zu zeigen. Ich glaube übrigens, daß diese neuen Ideen und der ganze Rest damit zusammenhing, daß meine Regel ausblieb; und auch wenn ich meine kuriose gute Laune und die robuste Gesundheit behielt, ertrug ich bestimmte Marotten der Kunden immer schlechter, ich hatte gewissermaßen zu allem eine Meinung. Ich schwieg natürlich und tat meine Arbeit, dafür wurde ich ja bezahlt, aber ich spürte, daß mein Körper nicht mehr mitmachte, mein Körper, dessen Regel ausblieb. Mein Körper dirigiert nämlich meinen Kopf, das weiß ich inzwischen nur zu gut, und ich habe einen hohen Preis dafür bezahlt, auch wenn ich eigentlich ganz froh bin, die Kunden los zu sein. Aber damals glaubte ich, man könnte die Augen zumachen und seinen Körper bezahlen lassen. Das hat im übrigen gut funktioniert. Erst als ich etwas zuviel zunahm, und zwar noch bevor es die Kunden bemerkten, habe ich angefangen, mich vor mir selbst zu ekeln. Ich sah mich im Spiegel an und entdeckte richtige Hautfalten auf der Taille, allen Ernstes, fast wie Wülste! Heute muß ich bei der Erinnerung daran lächeln. Ich hatte versucht, mich bei den Sandwiches einzuschränken, ich war sogar schon so weit, mittags gar nichts mehr zu essen, und wurde doch nur immer dicker. Die Mannequins auf den Fotos in der Parfümerie verfolgten mich geradezu. Ich war davon überzeugt, in meinem Körper gäbe es so etwas Ähnliches wie einen Blutstau, ich wurde rotbackig, und unversehens legten die Kunden mir gegenüber ein bäurisches Benehmen an den Tag. Sie merkten nichts, sie waren viel zu beschäftigt mit sich selbst und ihrem Vergnügen, aber unter ihren Gelüsten wurde die Massageliege zu einer Art Heuschober auf dem Feld. Die einen begannen iah zu schreien, die anderen schnüffelten wie die Schweine, und wie es so geht, schließlich begaben sie sich fast ausnahmslos auf alle viere. Ich sagte mir, wenn nur erst deine Regel wiederkommt, wirst du auch dieses ganze Blut los und bist wieder frisch wie ein junges Mädchen; ich hatte richtig Lust auf einen Aderlaß. Die Kunden wurden auch immer fetter. Mir taten die Knie weh von ihrem Gewicht, ich sah Sternchen vor den Augen und Messer und Hackebeile. Für Honorés Küche kaufte ich immer raffiniertere Haushaltsgeräte, diese neuen häuslichen Neigungen schätzte er sehr. Und dann mußte ich schließlich den Tatsachen ins Gesicht sehen. Da ich inzwischen über alles nachdachte und zu allem eine Meinung hatte, konnte ich vom Verstand her einfach nicht länger die Augen vor meinem Zustand verschließen: Ich war schwanger. In einem Monat hatte ich sechs Kilo zugenommen, vor allem an Bauch, Brüsten und Schenkeln, ich hatte pralle rote Wangen, beinahe eine Maske, und war immerzu hungrig. Nachts kamen mir die merkwürdigsten Träume, ich sah Blut, Wurst, und ich stand auf, weil ich mich übergeben mußte. Noch heute schäme ich mich für diese abgeschmackten Träume, aber so war es nun mal. Ich bemühte mich zu verstehen, manchmal hatte ich seltsame Geistesblitze, eine Hellsichtigkeit, die aus dem Bauch kam. Das machte mir angst. Eine Schwangerschaft war gewissermaßen die einzige objektive und vernünftige Möglichkeit, all diese Symptome in Zusammenhang zu bringen. Honoré wollte, daß ich aufhörte zu arbeiten, er war mißtrauisch, offenbar ahnte er irgend etwas. Ansonsten war er aber ziemlich stolz auf mich, paradoxerweise. In der ganzen Hauptstadt war von meiner Parfümerie die Rede, sie war die schickste von allen, berühmte Leute kamen von weit her zu mir. Für Honoré waren auch die ökonomischen Auswirkungen nicht zu übersehen, all die Haushaltsgeräte zum Beispiel. Und außerdem hatte er keinen Grund zur Klage, denn abgesehen von einigen Wochenenden kam ich jeden Abend nach Hause. Aber wie dem auch sei, ich verdiente immer noch nicht mehr als ein Drittelgehalt. Ich hatte beschlossen, ihm nichts zu sagen, denn wenn er erfahren hätte, daß ich schwanger war, hätte er alles getan, um mich zu Hause zu behalten. Drei Monate lang hätte ich die staatliche Schwangerenunterstützung bekommen, die wesentlich höher war als mein Lohn, aber dann hätte ich mit Honoré dagesessen. Ich wollte meine Arbeit behalten, eigentlich weiß ich gar nicht recht warum. Es war wie ein Fenster für mich, ich sah den kleinen Park und die Vögel. Aber wenn rausgekommen wäre, daß ich schwanger war, hätte ich die Arbeit auf keinen Fall behalten können. Wie sollte ich das dem Generaldirektor erklären? Undenkbar. Er hätte mir vorgeworfen, daß ich nicht aufpaßte, aber ich verdiente nun mal nicht genug, um aufzupassen, und Honoré sagte immer, die Frauen müßten sich schon selbst um ihren Bauch kümmern. Auch deswegen, weil ich nie aufpaßte, glaubte ich diesmal an eine Schwangerschaft. Es gibt dann doch eine gewisse biologische Logik; auch wenn ich heute, gelinde gesagt, daran zweifle. Mein einziger Trumpf waren ja meine *pneumatischen* Qualitäten, und da muß ich leider gestehen, daß ich sie allmählich verlor. Noch einen Monat oder zwei, und ich hätte nicht mehr in meinen Kittel gepaßt, mein Bauch wäre herausgequollen, an den Strapsen und dem Dekolleté war es eh schon nicht mehr berauschend, das Fleisch trug viel zu sehr auf. Bei dem ersten Lagerverkauf, knapp ein Jahr nach meiner Anstellung, bekam ich ein Puder-Make-up zugeteilt und schminkte mich nun jeden Morgen damit, was meine bäurische Rotbackigkeit ein wenig vertuschte. Einen Monat hielt ich noch durch. Aber ich wurde überall dicker, nicht nur am Bauch. Und der war auch nicht wie bei einer schwangeren Frau, keine schöne pralle Kugel, sondern lauter Fleischwülste. Schwangere Frauen waren mir schon mal untergekommen, ich wußte genau, wie das eigentlich aussieht. Meine Mutter hatte vor gar nicht so langer Zeit bis zum fünften Monat gewartet, ehe sie unter Tränen zur Abtreibung ging, weil wir daheim zu sehr auf ihren Lohn angewiesen waren. Ich aß fast gar nichts mehr. Am Tag war mir schwindlig, nachts hatte ich ständig absurde Träume. Honoré zeigte sich von meinem Grunzen gestört, bald kamen schrille Schreie dazu, und schließlich ertrug er es nicht mehr, bei mir zu schlafen. Ich zog ins Wohnzimmer um. Das war für uns beide bequemer, ich konnte mich auf die Seite rollen, wie ich es gern hatte, und schnarchen. Aber ich schlief immer schlechter und bekam Säcke unter den Augen, die ich mit einer Anti-Augenringe-Kur von Yerling wegzukriegen versuchte, zwei Gratistuben als Neujahrsgeschenk. Aber die Creme war schon über ihr Verfallsdatum hinaus und bröckelte, ich hatte wirklich ein Händchen für so was. Die Vorstellung einer Abtreibung versetzte mich in Angst und Schrecken. Mit Frauen, die abtreiben, geht man nicht gerade sanft um. Es heißt sogar, an solche Frauen wird keine Betäubung verschwendet, die sollen mal lieber aufpassen. Und dann muß man sich vor diesen Kommandos in acht nehmen, ich war da gar nicht auf dem laufenden. Damals kümmerte ich mich nie um die Nachrichten. Inzwischen habe ich all das weit hinter mir gelassen, zum Glück. Ich ging also in die Klinik. Unterderhand hatte ich ultraschicke Lippenstifte weiterverkauft, und mir grauste davor, erwischt zu werden. Ich blieb nur sechs Stunden dort, dem Generaldirektor paßte dieser verlorene halbe Arbeitstag überhaupt nicht. Ein Typ hatte sich an die Griffe meines OP-Tisches gekettet und brabbelte die ganze Zeit irgendwas, aber der Trottel hatte sich zu weit unten festgemacht und störte gar nicht richtig. So mußte er alles mit ansehen, und als die Polizei kam, um seine Ketten durchzusägen – er hatte nämlich den Schlüssel verschluckt –, da war er über und über mit meinem Blut bespritzt. In der Klinik meinten sie zu ihm, besonders alt würde er aber nicht werden, wenn er dauernd Schlüssel verschluckte. Und zu mir sagten sie, wenn ich nicht endlich aufpaßte, würde ich womöglich unfruchtbar werden, nach den beiden Ausschabungen. Außerdem meinten sie, so eine seltsam geformte Gebärmutter hätten sie noch nie gesehen, ich sollte mich lieber mal ein bißchen darum kümmern, schließlich finge man sich leicht eine Krankheit ein. Sie haben sogar die *Hysterographie* dabehalten, um sie sich genauer anzuschauen. Der Typ ging mit mir nach draußen. Er war ganz blaß. Er sagte, jetzt sei ich für immer verdammt, ich Unglückliche könne mir die Folgen meines Tuns ja gar nicht vorstellen, jetzt sei ich ein gefallenes Mädchen. Mir war scheißegal, was er erzählte, ich stützte mich auf seinen Arm, um zur Parfümerie zurückzukommen. Im Grunde war er ja ganz nett, ohne ihn hätte ich gar nicht gehen können. Ich fragte mich die ganze Zeit, wie ich es anstellen sollte, nicht alles vollzubluten und es mit den Kunden durchzuhalten. Ich ließ das Eisengitter hoch. Als der Typ das Firmenschild sah, wurde er noch blasser. Er sprang beiseite und richtete zwei Finger auf mich. Er sagte, ich sei eine Kreatur des Satans. »Da, da!« schrie er. Plötzlich starrte er mich an, musterte mich gewissermaßen. »Das Zeichen der Bestie!« schrie er. Das hat mich aber doch ein bißchen erschüttert, daß einer so was sagt, wenn er mich anschaut. Der Typ machte sich im Laufschritt aus dem Staub. Ich sah mich im Spiegel an. Mir fiel nichts Ungewöhnliches auf. Endlich war ich einmal blaß, man mußte nicht gleich an eine rotbackige Bäuerin denken. Alles in allem hatte mir dieser Aderlaß doch gutgetan.

Leichten Herzens ging ich wieder an meine Arbeit, ich hatte nicht mehr diese Sorge im Kopf, ob ich nun schwanger war oder nicht. Die Kunden zahlten weiterhin gut. Der Chef überließ mir inzwischen einen etwas größeren Anteil, er war sehr zufrieden mit mir und sagte, ich sei seine beste Angestellte. Beim nächsten Lagerverkauf bekam ich eine Feier und eine Medaille, vor allen anderen Verkäuferinnen der Ladenkette und sogar den höchsten Würdenträgern, außerdem eine Puderdose von Wolfado und eine Creme-Kollektion von Gilda *mit hochaktivierter DNA zur Zellerneuerung und Neuverknüpfung der Makromoleküle.* Alles neuwertige Ware. Bei dieser Feier mußte ich vor Freude weinen. Es wurden Fotos gemacht. Ich war sehr stolz, das ist auf den Aufnahmen zu erkennen. Außerdem kann man sehen, daß ich wieder dicker geworden war, aber nicht so sehr, denn seit meiner Abtreibung hatte ich immer häufiger mit Übelkeit zu kämpfen. Das alles ließ sich nun keiner Schwangerschaft mehr zuschreiben. Irgend etwas lief da schief. Ich mußte immer mehr auf meine Ernährung achten, ich aß fast nur noch Gemüse, vor allem Kartoffeln, die konnte ich am besten vertragen. Ich hatte mir eine Schwäche für rohe Kartoffeln zugelegt; ungeschält, muß man dazusagen. Honoré schaute sich das mit ziemlich angewiderter Miene an. Ausgerechnet jetzt fragte er sich tatsächlich, ob ich schwanger war. Doch obwohl er sich ein bißchen grauste, durfte ich ihn nur ja nicht ermutigen. Jetzt mußte ich nämlich jeden Abend ran, ich hatte nicht mal mehr Zeit zur Körperpflege, er wollte gleich zur Sache. Es war wie bei den Kunden. Und ich hatte gefürchtet, meine Wülste würden sie abstoßen, aber woher denn, kein bißchen. Wider Erwarten schienen alle mich so zu mögen, ein bißchen dick, auch die

Neuen (dem Generaldirektor hatten sie es zu verdanken, daß sie bevorzugt behandelt wurden, obwohl ich eh schon überlastet war, aber sie zahlten auch gut). Sie kriegten einen gewissermaßen animalischen Appetit. Kaum hatte ich mit der Sitzung begonnen, da wollten sie schon alles, und zwar sofort, die Spezialkombi und das *Hi-Tech-Paket* mit Öl und Vibrator und allem, und das bei den heutigen Preisen. Das Öl allerdings war ihnen scheißegal, das merkte ich sofort, und den Vibrator rissen sie mir aus der Hand und machten die merkwürdigsten Dinge damit, ich kann Ihnen sagen. Wenn ich da rauskam, war ich wie gerädert. Frauen sind doch anspruchsvoller. Alle meine ehemaligen Kundinnen waren beim *Hi-Tech-Paket* immer völlig aus dem Häuschen geraten, für sie gab es nichts anderes. Ich bedauerte mittlerweile, daß ich nur noch männliche Kunden hatte. Ich verkaufte immer weniger Parfums und Cremes, aber dem Generaldirektor schien das egal zu sein. In meinem Hinterzimmer stapelten sich die Bestände, und ich guckte mir schon die Sachen aus, die ich beim nächsten Lagerverkauf für mich behalten wollte. Das war kein schlechter Beruf. Es gab schließlich auch einiges Erfreuliche. Sobald die Kunden auf ihre Kosten gekommen waren, hatten sie immer ein nettes Wort für mich, sie fanden mich *atemberaubend*, manchmal benutzten sie auch andere Wörter, die ich nicht hinzuschreiben wage, die mir aber genausoviel Freude machten. Ich sah es ja selbst, daß ich so war, wie sie sagten, ich brauchte nur in den Spiegel zu schauen, ich war ja nicht blöde. Inzwischen war mein Hintern das Schönste an mir. Unter meinem Kittel zeichnete er sich knackig ab, manchmal mußte ich den Kittel sogar etwas weiter machen, aber der Generaldirektor weigerte sich, mir Kredit zu geben, damit ich mir einen neuen kaufen konnte. Er sagte, die Ladenkette stehe am Rande des Abgrunds, es sei kein Geld da. Wir Mädchen brachten alle große finanzielle Opfer, wir hatten Angst, die Firma könnte bankrott gehen und wir unsere Arbeit verlieren. Meine paar Freundinnen unter den Verkäuferinnen sah ich sehr selten; sie sagten immer, ich hätte Glück, einen so anständigen Mann wie Honoré gefunden zu haben, der mich im Notfall unterstützen würde. Sie waren eifersüchtig, vor allem auf meinen Hintern. Was sie nicht sagten, war aber, daß sie fast alle Geld von den Kunden nahmen, Geld für sich selbst. Ich habe das immer abgelehnt, man hat ja doch seinen Stolz. Ich war gar nicht so darauf aus, meine Kolleginnen zu treffen, die waren ein schlechter Umgang, gelinde gesagt. Meine Kunden wußten immer, daß es zwischen uns nicht ums Geld ging, ich gab alles direkt an die Firma weiter und bekam meinen Anteil, und damit basta. Ich war stolz darauf, meinen Laden mit sauberen Methoden zu führen, den saubersten vom ganzen Unternehmen. Meine Kolleginnen zogen über mich her. Außerdem spielten sie dem Generaldirektor gegenüber mit hohem Risiko. Die können von Glück sagen, daß ich sie nicht angeschwärzt habe, der Generaldirektor hatte nämlich seine eigenen Methoden für unehrliche Mädchen. Er fand eigentlich immer einen unzufriedenen

Kunden, der auspackte und dann bei der Umerziehungsmaßnahme dabeisein wollte. Aber ich machte meine Arbeit gut. Meine Parfümerie war anständig. Ich nahm bloß Komplimente und Blumen an, sonst nichts. Eines gebe ich allerdings nur ungern zu, und doch muß ich es tun, denn ich weiß, daß es zu den Symptomen gehört: Ich aß die Blumen auf. Ich ging ins Hinterzimmer, stellte sie in eine Vase und betrachtete sie lange. Und dann aß ich sie auf. Das lag bestimmt an ihrem Duft. Der stieg mir zu Kopf, all dieses Grün und dann noch die vielen Farben. Da kam die Natur von draußen in den Laden herein, das rührte mich gewissermaßen. Ich schämte mich, vor allem, weil doch Blumen so teuer sind. Mir war wohlbewußt, daß sich die Kunden dieses Geschenk vom Munde absparten, und deshalb bemühte ich mich immer, ein oder zwei Blüten aufzuheben und mir ins Knopfloch zu stecken. Dazu mußte ich ruhig Blut bewahren, es war wie ein kleiner Sieg über meinen inneren Schweinehund. Die Kunden wußten es aber zu schätzen, wenn sie ihre Blumen so nah an meinem Busen wiedersahen. Es beruhigte mich richtig, daß sie sie auch aufaßen. Sie beugten sich über mich, und zack, hatten sie mit einem Haps die Blüte aus meinem Dekolleté gepflückt. Dann kauten sie mit gierigen Blicken darauf herum und schauten zu mir hoch. Im allgemeinen fand ich sie reizend, meine Kunden, einfach süß. Nur daß sie sich immer mehr für mein Hinterteil interessierten, das war das einzige Problem. Ich will sagen – und allen empfindlichen Seelen möchte ich hiermit nahelegen, diese Seite aus Rücksicht auf sich selbst zu überspringen –, ich will sagen, daß meine Kunden von seltsamen Gelüsten gepackt wurden, von absolut widernatürlichen Einfällen, wenn Sie verstehen, was ich meine. Die ersten Male sagte ich mir, schön, wenn die Firma durch deine Arbeit zusätzlich verdient, dann kannst du stolz darauf sein und dafür sorgen, daß alles noch viel besser läuft. Aber mir war nicht recht klar, ab wann die Kunden anfingen, es wirklich zu weit zu treiben, in gewisser Weise wußte ich nicht, wo mein Vertrag an die Grenzen der guten Sitten stieß. Ich brauchte einige Zeit und viel Mut, um mich dem Generaldirektor offen anzuvertrauen. Seltsamerweise mußte er sehr lachen und nannte mich *kleines Mädchen*, ich fand, in dieser Anrede lag eine gewisse Zärtlichkeit, ich war fast zu Tränen gerührt. Und als der Generaldirektor mir sogar eine Creme von Yerling schenkte, die die empfindlichen Hautpartien pflegt und alles weicher macht, fing ich gleich an zu schluchzen. Der Generaldirektor muß aber auch wirklich sehr stolz auf mich gewesen sein, daß er so gut zu mir war. Und dann hat er ja auch viel Geduld gehabt und sich noch Zeit genommen, um meine Ausbildung zu vollenden. Jedenfalls trocknete er meine Tränen, setzte mich auf sich drauf und schob mir irgend etwas in den Hintern. Das tat mir noch mehr weh als bei den Kunden, aber er sagte, es sei nur zu meinem Besten, danach würde alles gutgehen und ich hätte keine Probleme mehr. Ich habe viel Blut dabei verloren, aber mit meiner Regel hatte das nichts zu tun. Seit der Abtreibung war meine Regel noch kein einziges Mal wiedergekommen. Der Generaldirektor sagte, ich müsse immer sehr höflich zu den Kunden sein. Dann passierte etwas ganz Merkwürdiges und Unpassendes, und an dieser Stelle bitte ich den empfindlichen Leser noch einmal, nicht weiterzulesen. Ich hatte plötzlich große Lust auf, nennen wir die Dinge ruhig beim Namen, auf Sex. Dem Anschein nach hatte sich nichts verändert, die Kunden waren immer dieselben, Honoré ebenfalls, und es hatte auch nichts mit der Fortbildung zu tun, die mir der Generaldirektor bewilligt hatte. Als sich die Kunden sämtlich nur noch über mein Hinterteil hermachten, wäre es mir übrigens durchaus lieber gewesen, wenn sie sich auch anderweitig für mich interessiert hätten. Ich machte heimlich Gymnastikübungen, um mein Fahrgestell zu verkleinern, ich besuchte sogar einen Aerobic-Kurs, aber es wollte mir nicht gelingen, die Größe meines Hinterns zu verringern. Im Gegenteil, ich hatte dort schon wieder zugenommen. Von mir war sonst kaum noch was zu sehen. Also ließ ich absichtlich mein Dekolleté platzen, um die Kunden mit der Nase auf was anderes zu stoßen, und nahm die Dinge selbst in die Hand. Als ich mich zum erstenmal rittlings auf einen Kunden setzte, kam das ganz schlecht an. Er warf mir Schimpfwörter an den Kopf, die ich hier nicht wiederzugeben wage. Ich begriff, daß es schwierig sein würde, den Kunden nicht die Initiative zu überlassen, also auch schwierig, das zu bekommen, was ich haben wollte. Deshalb machte ich es wie im

Kino. Ich fing an, zu schäkern und die Kokette zu spielen. Davon wurden die Kunden ganz wild. Vorher hatte ich immer strenge Umgangsformen an den Tag gelegt, makellos in Fragen des Geschmacks, schließlich war man in einer schicken Parfümerie. Aber als ich dann meine eigenen Ideen einbrachte, wurden die Kunden wie die Hunde, es tut mir leid, das sagen zu müssen. Zwar habe ich einige verloren, die anscheinend den alten Stil des Hauses vermißten und die Metamorphose schlecht ertrugen, aber die Lust war einfach zu groß, Sie verstehen. Zu Beginn hatte ich Angst, daß mir zu viele Kunden davonlaufen würden und man es womöglich nachher in der Kasse merkte. Doch zu meiner großen Überraschung kam nun eine neue Sorte Kundschaft, sicher dank der Mund-zu-Mund-Propaganda. Diese neuen Kunden schienen genau so eine Verkäuferin wie mich zu suchen, die wirklich Lust hatte, die herumzappelte und so, na, ich erspare Ihnen die Einzelheiten. Später wurde mir klar, daß ich bei der Klientel gewisser anderer Parfümerien der Ladenkette gewildert hatte und dadurch einiges durcheinandergekommen war, worauf mir der Generaldirektor mit wenig galanten Worten nahelegte, mich gefälligst zu beruhigen. Als ich ihn fragte, ob er vielleicht selber interessiert sei, kriegte ich sogar eine geknallt. Dabei hatte er sich vorher nie lang bitten lassen. Jetzt waren mir die Kunden am liebsten, die zu ihrer Massage festgebunden werden wollten. Das war mal was anderes. Ich konnte sie mir nach Lust und Laune vornehmen. Im Spiegel fand ich mich schön, ein bißchen rot, klar, ein bißchen plump mit meinen Wurstfingern und allem, aber irgendwie wild, ich weiß auch nicht, wie ich es sagen soll. Eine Art Stolz lag in meinen Augen und meinem Körper. Und wenn ich wieder aufstand, hatte der Kunde auch einen ganz losgelassenen Blick. Wie im Dschungel geradezu. Manche Kunden waren derart erschreckend, daß ich sie hätte fressen können. Und diejenigen, die unbedingt bei ihren alten Gewohnheiten bleiben wollten, die noch nicht begriffen hatten, daß sich der Stil des Hauses geändert hatte, die immer noch das Gezierte, das Scheue und das Hinterteil geboten kriegen wollten, na, die habe ich aber zurechtgestutzt, das hätten Sie sehen sollen. Ich habe allerdings auch einiges abgekriegt, vor allem von denen, die sich angewöhnt hatten, mich vor ihrer Spezialmassage zu schlagen. Aber das war mir egal. In mir ereignete sich etwas Außergewöhnliches. Selbst als mich der Generaldirektor erneut ins Gebet nahm, und zwar wieder so hintergründig wie beim letztenmal, gab ich nur ein paar Schreie von mir. Er fand mich jetzt allzu frech, ich hätte mir einen üblen Stil angewöhnt, *rollige Katzen* könne man in diesem Hause nicht brauchen. Kunden hatten sich beschwert. Der Generaldirektor nahm mich für drei Tage übers Wochenende mit, zusammen mit seinem Schatzmeister und seinen Dobermännern, er glaubte, damit könne er mir ein für allemal die Hemmungslosigkeit austreiben. Er glaubte, die alte Kundschaft könne wie früher ein braves, folgsames *kleines Mädchen* dazu zwingen, mit gesenkten Augen und ohne einen Muckser seine Arbeit zu tun. Da hatte er sich aber geschnitten. Das Außergewöhnliche war nämlich, daß ich es inzwischen mochte, ich meine, nicht nur die Massagen, die man draußen im Schaukasten anbieten kann, und die Vorführung der Kosmetika, nein, auch alles andere, jedenfalls wenn ich selber die Initiative ergriff. Klar, es gab immer noch Kunden, die an den alten Gewohnheiten festhielten. Ich konnte ihnen doch schlecht alles abschlagen, und außerdem mußte ich mich am Riemen reißen, wenn ich nicht vom Generaldirektor ins Umerziehungslager geschickt werden wollte. Er sagte, es sei wirklich ein großes Unglück, daß selbst die besten Angestellten auf die schiefe Bahn gerieten, man könne sich ja auf nichts mehr verlassen. Er sagte, ich sei, entschuldigen Sie, eine *echte Hündin*, das waren seine Worte. Honoré jubilierte. Er sah seine Theorien bestätigt. Die Arbeit hatte mich verdorben. Von nun an stöhnte ich unter ihm. Doch sehr bald wollte er nichts mehr von mir wissen; er sagte, ich würde ihn anekeln. Das war ärgerlich für mich, jetzt war ich diejenige, die immer Lust hatte, und ich mußte mir meine Befriedigung in der Parfümerie suchen. Honoré war es, der mich in die Arme der Schande getrieben hat. Heute frage ich mich auch, inwieweit Honoré nicht doch irgendwie die Veränderungen meines Körpers bemerkt hatte. Vielleicht ekelte er sich vor meinen Fleischwülsten und meinem immer rosigeren, leicht gräulich gefleckten Teint. Für mich war es richtig unpraktisch, mein Sexualleben nur noch auf die Parfümerie zu konzentrieren, denn erstens fand ich keineswegs immer Kunden, die für meine neuen Touren empfänglich waren, und zweitens durfte ich bei den alten Kunden auch nicht vergessen, wie früher zu simulieren. Ich will versuchen, mich so klar wie möglich auszudrücken, denn ich weiß, daß es nicht leicht zu verstehen ist, vor allem nicht für Männer. Mit den Neuen, insbesondere denen, die sich bequem festbinden ließen, konnte ich nach meinem eigenen Rhythmus arbeiten, mich gehenlassen und soviel schreien, wie ich wollte. Doch auch bei den alten Stammgästen kam ich, obgleich ich meine Leidenschaft zügeln und ihre widernatürlichen Marotten hinnehmen mußte, durchaus auf meine Kosten. Einige von ihnen wiesen mich mit vorwurfsvoller Miene darauf hin, daß sich meine Art zu schreien geändert habe. Na, kein Wunder, vorher tat ich ja auch immer nur so, können Sie mir folgen? Kurz, ich mußte daran denken, genau dieselben Schreie wie früher von mir zu geben. Ich mußte mich an die einen Kunden erinnern, die es gern hatten, wenn ich schrie, und an die anderen, die es nicht mochten. Nun simuliert es sich aber sehr schwer, wenn einem gleichzeitig echte Gefühle durch den Körper fahren. Ich weiß nicht, ob ich mich verständlich mache. Ich will gern zugestehen, daß es schockierend und unerquicklich sein muß, wenn sich eine junge Frau so ausdrückt, aber ich muß auch sagen, daß ich inzwischen nicht mehr ganz dieselbe bin wie früher und mir derartige Rücksichten allmählich abgehen. Wie auch immer, das Leben wurde kompliziert. Ich mußte nicht nur meine Empfindungen verbergen, ich hatte immer mehr Angst vor meinen alten Kunden und davor, daß sie schockiert beim Generaldirektor anriefen. Ich hatte sein Vertrauen verloren und mußte fürchten, entlassen zu werden. Da tauchte zu meinem Glück ein schwerreicher afrikanischer Marabut auf, der meine Dienste zu einem horrenden Preis für eine ganze Woche mietete. Der Generaldirektor war sehr erbaut von diesem neuen Kunden, aber bitte woanders, nicht in seiner Parfümerie, ein Neger, das war heikel. Also blieb die Parfümerie die ganze Zeit geschlossen, und die aufgeregtesten Geister konnten sich derweil beruhigen. Viele der alten Stammkunden wandten sich im übrigen einer sogenannten kleinen Perle zu, die der Generaldirektor auf den Antillen aufgegabelt und mitten auf den Champs-Elysées untergebracht hatte, da fragt man sich doch, wie die Firma sich das leisten konnte. Der Marabut war reizend zu mir. Er nahm mich mit in seinen Loft im afrikanischen Viertel und sagte, schon lange hätte er so jemand wie mich gesucht. Zuerst mal haben wir uns ein bißchen amüsiert, er war von meinem Wesen sehr angetan. Und ich, das sage ich Ihnen lieber gleich, ich habe es in vollen Zügen genossen. Man kriegt ja nicht alle Tage neue Empfindungen geboten, außerdem kannte sich der Marabut mit den Spezialitäten seines Landes aus. Und dann, nachdem wir uns amüsiert hatten, fing er mit lauter bizarren Sachen an. Er salbte mich am ganzen Körper ein, dann examinierte er mich gewissermaßen, man hätte meinen können, er suchte irgend etwas.

Meine Haut reagierte heftig auf diese Salben, das brannte, das wechselte die Farbe, ich hatte nicht übel Lust, ihm zu sagen, er solle aufhören. Der Marabut gab mir Pelikanaugen-Likör zu trinken. Er versuchte auch, mich zu hypnotisieren. Er fragte mich, ob ich mich krank fühlte. Da fing ich an, ihm alles zu erzählen, was in den letzten Monaten passiert war, damit er endlich mal ein bißchen aufhörte. Der Marabut gab mir seine Karte und sagte, ich solle wiederkommen, »falls das so weitergeht«. Wir waren uns sympathisch. Der Marabut mußte dauernd lachen, weil der Unterschied zwischen unseren Hautfarben – er so schwarz und ich jetzt so rosa – ihm kräftig Appetit machte. Wir mußten es immer auf allen vieren vorm Spiegel machen und tierische Schreie dabei ausstoßen. Die Männer sind aber auch merkwürdig. Es ist noch zu früh, um Ihnen zu erzählen, was ich dort im Spiegel sah, Sie würden mir nicht glauben. Außerdem gefror mir dabei das Blut in den Adern, deswegen habe ich es lange vermieden, daran zu denken. Am Ende der Woche jedenfalls schickte mich der Marabut nach Hause. Auf der Türschwelle betonte er noch, ich solle wiederkommen, »falls es schlimmer wird«. Und er zwickte mich ein letztes Mal unter meinem Pulli. Ich dachte, das sollte eine nette Geste sein, wie die zwanzig Euro extra, die er mir gab und von denen ich das Taxi nach Hause bezahlte. Aber auf der Treppe merkte ich, daß er mir einen blauen Fleck gemacht hatte. Das Blau hat sich vertieft, könnte man sagen. Es nahm violette, bräunliche Tönungen an. Honoré war fuchsteufelswild über diese Woche beim Lehrgang, er roch irgend etwas. Ich versteckte den blauen Fleck, so gut ich konnte. Honoré wollte mich nicht mehr anfassen, aber er hatte die Gewohnheit nicht abgelegt, mich jeden Abend unter der Dusche zu beäugen, und einigen seiner Launen mußte ich schon nachgeben, aber nur mit dem Mund. Wenn ich mich so, ganz nackt, mit Honoré beschäftigte, war es gar nicht einfach, den blauen Fleck zu verbergen, er saß direkt über meiner rechten Brust. Honoré schien allerdings nichts zu bemerken, und auch auf meine Gewichtszunahme sprach er mich nicht an, dabei war die überdeutlich. Aus dem blauen Fleck wurde ein richtig runder, rosigbrauner Kreis. Ich hatte nun etwas weniger Lust auf Verkehr, das gab sich allmählich. Die gefesselten Kunden langweilten mich. Die brutalen Kunden strengten mich immer mehr an. Es gab so eine Art Redlichkeitsfanatiker, die in Gruppen anrückten, um mich zu »bessern«, so sagten sie, und sie führten nur noch das Wort *die Unglückliche* im Munde. Der Generaldirektor brachte eine immer ausgefallenere Klientel in den Laden. Eines Tages schneite mir sogar der Typ ins Haus, der sich damals an meinen Abtreibungstisch gekettet hatte, na, der hat's mir aber gezeigt, daß mir grün und blau vor Augen wurde. Mein Körper war übersät von blauen Flecken, bloß der eine über der Brust ging nicht weg. Das war mir bald selber eklig. Der blaue Fleck verwandelte sich allmählich in eine Brustwarze. Ganz langsam überzog er sich mit der typischen Körnigkeit der Brustwarzenhaut, und ein ziemlich ausgeprägter Buckel bildete sich auf der Oberfläche, er stach geradezu hervor. Vor lauter Spinnern fing ich schon selber an, mich zu fragen, ob mich nicht irgendeine Strafe Gottes getroffen hatte, also wirklich. Aber jedenfalls setzte meine Regel wieder ein, das war doch immerhin schon etwas. Ich hatte zu nichts mehr Lust, und meine Arbeit wurde die reine Quälerei. Ich ertappte mich sogar dabei, von einer kleinen, schön ruhigen Parfümerie zu träumen, in irgendeinem abgelegenen Vorort, wo ich nur Kosmetika vorführen mußte. War ich tief gesunken. Meine Stimmung befand sich auf dem Nullpunkt. Diese zusätzliche Brustwarze machte mir Sorgen, und paradoxerweise auch meine Regel. Ich war ja froh, daß sie wiedergekommen war, aber wie immer haute sie mich um, ich war sehr erschöpft und zu nichts mehr zu gebrauchen. Das soll ja hormonell bedingt sein. Vielleicht fand ich es doch beunruhigend, daß ich die ganze Zeit nicht befruchtet worden war, in der Klinik hatten sie mich ja schon gewarnt. Meine Regel kam jetzt ungewöhnlich reichlich, die reinste Springflut, fast hätte man meinen können, noch eine Fehlgeburt. Aber ich war fest entschlossen, nie wieder zum Gynäkologen zu gehen. Außerdem hatte ich kein Geld. Inzwischen ist mir klar, selbst wenn ich schwanger gewesen wäre, hätte das nur eine Fehlgeburt werden können. Besser so.

An diesen neuen Rhythmus meines Körpers konnte ich mich nur schlecht gewöhnen. Ungefähr alle vier Monate bekam ich meine Regel, der eine kurze Phase *sexueller Erregung* vorausging, nennen wir das Kind ruhig beim Namen. Bei meiner neuen Klientel war ich mittlerweile gut eingeführt, bloß hatte ich das Problem, daß immer noch ein paar alte Stammkunden übriggeblieben waren. Einerseits mußte ich nun so tun, als wäre ich ständig in erregtem Zustand, andererseits mußte ich dauernd Kälte vorspiegeln. Das war vielleicht anstrengend. Ich kam mit meinen Zuständen ganz durcheinander, wann ich nun spielen, wann überspielen sollte. Das war doch kein Leben mehr. Nie schaffte ich es, den *Schwingungen* meines Körpers zu folgen, und dabei warnten doch das *Gilda Magazin* und *Meine Schönheit, meine Gesundheit*, die ich in die Parfümerie bekam, immer wieder davor, wenn man nicht diese Harmonie mit sich selbst erreiche, erhöhe sich die Krebsgefahr, ein *anarchisches Wachstum der Zellen*. Immer häufiger suchte ich zwischen zwei Kunden in dem kleinen Park Zuflucht, ich ließ sie einfach ein bißchen warten. Dem Generaldirektor gegenüber war das riskant, aber ich konnte nicht mehr. Ich verfeinerte lauter Cremes, die von den Zeitschriften empfohlen wurden, und verteilte sie sorgfältig auf meiner Haut, aber es half alles nichts. Ich war genauso erschöpft wie davor, konnte keinen klaren Kopf kriegen, und das *mikrozellulare Spezial-Gel Epidermo-Sensitiv gegen unschöne Hautverdopplungen* von der Firma Yerling schien bei mir erst gar nicht eindringen zu wollen. Honoré sagte, er wäre ja wohl der einzige.

Er wurde ordinär, garantiert roch er was. Meine Haut entwickelte nicht nur eine tiefe subkutane Fettschicht, sie wurde auch noch allergisch gegen alles, selbst die teuersten Produkte. Äußerst ärgerlich, wie sie unaufhaltsam dicker wurde und zugleich überempfindlich. Das war zwar ein Glück, wenn ich, um es kraß zu sagen, brünstig wurde, aber ein echtes Handikap in Sachen Schminke, Parfum und Reinigungsmittel. Doch an denen ging kein Weg vorbei, weder im Beruf, noch wenn ich Honoré den Haushalt führen wollte. Also jedesmal Volltreffer: Ich war übersät von roten Placken, und nach jedem Anfall wurde meine Haut noch rosiger als zuvor. Ich konnte alle Cremes dieser Welt auf meine dritte Brustwarze schmieren, nichts zu machen, sie wollte einfach nicht verschwinden. Als ich merkte, daß darunter so etwas wie eine richtige Brust anzuschwellen begann, dachte ich, gleich werde ich ohnmächtig. Wenn das so weiterging, mußte ich in die Klinik, mich operieren lassen, und ich hatte keinen Pfennig. In den Frauenzeitschriften standen genügend Adressen von Schönheitschirurgen, und man ließ durchblicken, daß sie bei ansprechenden Fällen durchaus entgegenkommend seien, aber ich wollte mich nicht schon wieder in irgendwelche endlosen Geschichten stürzen. Ich hatte ein unheimliches Bedürfnis nach Ruhe. Ich nahm keinerlei Wochenendeinladungen mehr an. Nicht daß ich keine Lust auf große Landhäuser gehabt hätte, aber wie sagt man so schön, gebranntes Kind scheut das Feuer. Eine Scheune, ja, ein Stall, damit wäre ich schon zufrieden gewesen, aber allein und in Ruhe. Ich grunzte immer noch im Schlaf, einmal, ich muß es gestehen, habe ich mich sogar naß gemacht. Ich merkte wohl, wie Honoré gegen den Drang ankämpfte, mich an die Luft zu setzen. Ich bin ihm noch heute dankbar für seine Güte, seine Geduld, nichts verpflichtete ihn mehr, mich zu behalten, schließlich war ich ja nicht mehr sexuell attraktiv für ihn. Ich rief sogar bei meiner Mutter an, um herauszufinden, ob ich im Notfall zu ihr zurückkehren konnte, aber sie wich meiner Frage aus. Später erfuhr ich, daß sie eine kleine Summe im Lotto gewonnen hatte und sich auf dem Land niederlassen wollte, aber sie sagte mir nichts davon, um sich auch ganz bestimmt keine Laus in den Pelz zu setzen. In dieser Zeit bestanden meine Tage nur noch daraus, daß ich auf jede Gelegenheit lauerte, um mich zwischen zwei Kunden davonzumachen. Der Generaldirektor hatte mir eine gewisse Nachlässigkeit in Kleidungsfragen vorgeworfen, aber ihm war nicht klar, daß mein alter Kittel, den er weiterhin für angebracht hielt, überhaupt nicht mehr so sexy aussah wie früher. Er war viel zu eng, das Weiß war vergilbt, und meine Wülste hatten allzu viele Nähte platzen lassen. Ich sah bestimmt ziemlich jämmerlich aus. Ich war so müde. Meine Haare sträubten sich störrisch empor wie Roßhaar und fielen mir büschelweise aus, es wurde immer schwerer, sie zu bändigen. Ich ließ mir Balsamspülungen und Dauerwellen Marke »Außen hui, innen pfui« machen, aber es wurde immer unübersehbarer, daß ich in diesen Dingen keinen Geschmack hatte. Laufend bekam ich Hautausschläge, die sich nicht verbergen ließen, weil ich weder Puder noch Make-up vertragen konnte; völlig klar, daß ich mich weder schminkte noch Kajal oder Wimperntusche benutzte, ich war gegen alles allergisch. Meine Augen kamen mir im Spiegel jetzt kleiner und enger zusammenstehend vor als früher, und ohne Puder hatte meine Nase etwas Schweinchenhaftes an sich, eine Katastrophe. Lippenstift war das einzige, was ich noch vertrug. Der Generaldirektor zwang mich, meine Preise zu senken, und um der Firma nicht zu schaden, mußte ich auch meine Prozente verringern, ich verdiente gerade noch genug, um die öffentlichen Verkehrsmittel und mein Essen zu bezahlen, den Rest gab ich Honoré für die Miete. Die Kundschaft wechselte schon wieder. Meine besten Kunden nahmen Anstoß daran, daß die Preise in den Keller fielen und ich weniger schick und wählerisch wirkte, und gingen woandershin. Das Schlimmste habe ich Ihnen aber noch verschwiegen. Das Schlimmste war die Behaarung. Haare wuchsen mir auf den Beinen, selbst auf dem Rücken, lange dünne Härchen, durchscheinend und fest, keine Enthaarungscreme wurde mit ihnen fertig. Ich mußte heimlich Honorés Rasierer benutzen, aber am Ende meines Arbeitstages wurde ich ganz kratzig am Körper. Die Kunden waren nicht gerade begeistert. Zum Glück hielt mir eine Handvoll die Treue, sanfte Irre. Für sie mußte ich immer noch auf alle viere gehen, sie schnüffelten an mir herum, leckten mich ab und erledigten ihr kleines Geschäft unter lautem Röhren, wie brünstige Hirsche, so die Sorte. Der Marabut, dessen Geschmack in dieselbe Richtung ging, rief mich ab und zu an und lud mich ein, ihn zu besuchen, genauer gesagt, zu *konsultieren*. Aber ich war zu müde und hatte Angst vor seinen Spezialitäten. Als ich wieder brünstig wurde, fand ich glücklicherweise zu meiner alten Form zurück, und mein Beruf machte mir wieder richtig Spaß. Ja, glücklicherweise, denn der Generaldirektor lag schon auf der Lauer. Er war gar nicht mehr zufrieden mit mir. Er verlangte, ich solle abnehmen und mich schminken, er kaufte mir sogar einen neuen Kittel. »Das ist deine letzte Chance«, sagte er. Aber ich konnte beim besten Willen nicht wieder so werden wie früher. Der Laden verlor weiter an Renommee. Ich war fast schon auf das unterste Niveau abgesunken. Nun empfing ich lauter arme Schlucker ohne einen Funken Bildung. In der Parfümerie roch es wie im Zoo, aber das war es gar nicht, was mich störte. Nein, so viehisch alles wurde, ich trauerte doch vor allem meinen Blumen nach. Da werden Sie verstehen, daß ich mich oft in meinen kleinen Park zurückzog, auch wenn ich damit zweifellos gegen eine der elementarsten Grundregeln der Arbeit verstieß. Im Park fand ich immer ein paar Butterblumen, es war wieder Frühling, und ich kaute heimlich vor mich hin, ich fand, sie schmeckten nach Butter und fetter Wiese. Ich schaute mir die Vögel an, da waren Spatzen, Tauben, manchmal auch Stare, und ihre stolzen kleinen Liedchen rührten mich zu Tränen. Ein Turmfalkenpärchen hatte sein Nest direkt über der

Parfümerie, das war mir noch nie aufgefallen. Manchmal kam es mir vor, als verstünde ich alles, was die Vögel sagten. Katzen und Hunde gab es auch, die Hunde bellten immer, wenn sie mich sahen, und die Katzen musterten mich mit merkwürdiger Miene. Ich hatte so ein Gefühl, als wüßten alle, daß ich Blumen aß. Als der Sommer kam, fand ich nicht mehr so viele Blumen und machte mich ganz blöd über das Gras her. Im Herbst verfiel ich auf Kastanien. Die schmeckten vielleicht gut. Ich machte mir nicht mehr die Mühe, mich zu verstecken, höchstens falls womöglich ein Kunde auftauchte. Mir war inzwischen klar, daß es den Leuten scheißegal war, was ich tat oder ließ. Die Kastanien pellte ich problemlos aus ihrer Schale, meine Fingernägel waren sehr hart und viel gebogener als früher. Auch meine Zähne waren sehr fest, das hätte ich nie gedacht. Die Kastanien schmolzen unter meinen Backenzähnen dahin, das Ganze vermanschte sich zu einem zähen, leckeren Saft. Zweimal draufgebissen, schon war's vorbei, und ich brauchte die nächste. Einmal gab mir die Dame in Schwarz, die Freundin meiner früheren Kundin, einen Euro. Sie dachte, ich hätte Hunger. In gewisser Weise hatte sie nicht unrecht. Ich hatte dauernd Hunger, ich hätte alles essen können, Gemüseabfälle, überreifes Obst, Eicheln, Regenwürmer. Das einzige, was ich weiterhin nicht runterkriegte, war Schinken, und genauso Pâté, Würstchen und Salami – eben alles, was so gut auf ein Sandwich paßt. Nicht mal Hühnchensandwich schmeckte mir so gut wie früher. Ich machte mir lieber ein Sandwich mit rohen Kartoffeln. Von weitem hätte man die durchaus für hartgekochtes Ei in Scheiben halten können. Einmal hatte Honoré Rillettes gekauft, bei einem Feinkosthändler. Er wollte mir eine Freude machen und auch einmal etwas einkaufen und zu Hause eine kleine Party für zwei veranstalten, mit Aufschnitt und kalten Platten. Tja, als ich die Rillettes sah, konnte ich mich keine Sekunde lang beherrschen: ich habe gleich an Ort und Stelle gekotzt, in der Küche. Honoré kniff vor Ekel die Augen zusammen, irgendwie waren diese Rillettes die letzte Chance für uns. Ich konnte mich den ganzen Abend nicht beruhigen. Ich zitterte, mir brach der kalte Schweiß aus, in der ganzen Wohnung stank es danach. Honoré machte sich türenknallend aus dem Staub und ließ mich mit den Rillettes sitzen. Ich hing in der Küche fest. Um ins Wohnzimmer zu kommen, hätte ich am Eßtisch mit den Rillettes vorbeigemußt, und das brachte ich nicht über mich. Die Nacht war entsetzlich. Kaum war ich auf meinem Höckerchen eingenickt, bestürmten mich Bilder von Blut und Schlachthöfen. Ich sah Honoré, der sich näherte und den Mund öffnete, als wollte er mich küssen, und dann biß er mir heftig in den Speck. Ich sah Kunden vor mir, die drauf und dran schienen, mir die Blumen vom Dekolleté zu fressen und ihre Zähne in meinen Hals zu schlagen. Ich sah den Generaldirektor, der mir meinen Kittel herunterriß und vor Lachen brüllte, als er statt meiner beiden Brüste sechs Zitzen entdeckte. Bei diesem Alptraum wachte ich ruckartig auf. Ich mußte sofort ins Bad laufen, um mich zu übergeben, und der Geruch der Rillettes machte alles nur noch schlimmer. Es war, als stülpte sich mein Inneres nach außen, der Bauch, die Eingeweide, die Gedärme, wie ein Handschuh. Minutenlang kotzte ich und konnte nicht aufhören. Danach verspürte ich das heftige Bedürfnis, mich zu waschen. Ich rieb mir den ganzen Körper ab, seifte mich bis in den hintersten Winkel ein, ich wollte all das loswerden. An meiner Haut haftete ein sehr eigenartiger Geruch. Vor allem die Behaarung fand ich widerlich. Mit einem schönen sauberen Handtuch trocknete ich mich sorgfältig ab, danach puderte ich mich mit Talkum ein, da ging es mir schon etwas besser. Dann rasierte ich mir die Beine und, so gut es ging, den Rücken. Dabei floß etwas Blut, es ist schwer, sich den Rücken zu rasieren. Der Anblick des Blutes ließ mich erstarren. Da saß ich auf meinem Hintern am Boden, und das Blut floß an mir herunter. Ich konnte diese Schlachthofszenen nicht aus meinem Kopf vertreiben, Bilder von Blut, das aus der Halsschlagader strömt, und von wild zuckenden Körpern. Dabei hatte ich doch noch niemanden gesehen, der in echt abgeschlachtet wurde. Ich kannte nur einen Menschen, der hingemetzelt worden war, nämlich meine Kundin von früher, die einer ermordet hatte und deren Freundin immer in den kleinen Park kam. Die Freundin hatte mir erzählt, daß meine Kundin erst ganz am Schluß abgeschlachtet worden war. Was sie vorher durchmachen mußte, hatte furchtbar lange gedauert, und als man sie fand, klebte überall geronnenes Blut. Ich dachte lieber gar nicht daran. Ich weiß, daß später eine Zeitung die Fotos gedruckt hat, ein Kunde wollte sie mir unbedingt mitbringen, ich sollte sogar beim Anschauen der Fotos lauter spezielle Sachen mit ihm machen. Ich weigerte mich. Der Kunde beklagte sich dann beim Generaldirektor über mich, das war meine allererste Beschwerde damals. Ein Glück, daß bald darauf die Feier stattfand, bei der ich zur besten Angestellten gekürt wurde. Ich mochte meine ehemalige Kundin gern, aber das war gar nicht so sehr der Grund, warum ich die Fotos nicht hatte anschauen wollen, vielmehr spürte ich schon damals, daß ich den Anblick von so viel Blut nicht ertragen konnte. Auf der einen Seite träumte ich jede Nacht von Blut, es war wie ein Drang, in dicke Speckschichten hineinzuschneiden. Auf der anderen Seite gab es nichts, was mich so sehr abstieß wie blutiges Fleisch. Damals ergaben diese Widersprüche keinen rechten Sinn für mich. Heute weiß ich, daß die Natur voller Gegensätze steckt, daß alles in der Welt sich ohne Unterlaß vereinigt, ach, ich erspare Ihnen meine kleine Philosophie lieber. Aber eines möchte ich Ihnen doch erzählen: Es passiert mir heute nicht selten, daß ich mit einem Biß ein kleines Lebewesen unserer Natur zermalme, und dabei verspüre ich weder Abscheu noch Genugtuung. Man muß schließlich sehen, daß man zu seiner Dosis Eiweiß kommt. Am einfachsten sind Mäuse, das finden die Katzen auch, oder Regenwürmer, nur steckt in denen weniger Energie drin. In jener Nacht, als mir das Blut über den Rücken lief, konnte ich mehrere

Stunden lang nicht aufstehen. Seltsamerweise wurde mir aber nicht kalt. Ich lag nackt auf den Fliesen, nur war meine Haut inzwischen so dick geworden, daß sie mich gewissermaßen warm hielt. Als ich mich endlich wieder rühren konnte, riß sich in mir etwas los, es war wie eine furchtbare Anstrengung für Hirn und Körper, meine Willenskraft in Gang zu setzen. Ich wollte aufstehen, doch seltsamerweise ist mein Körper unter mir weggekippt, könnte man sagen. Und ich fand mich auf allen vieren wieder. Das war entsetzlich, es wollte mir gar nicht gelingen, meine Hüften zu drehen. Mein Hintern war richtiggehend gelähmt, wie bei alten Hunden. Ich stemmte mich im Rücken hoch, aber nichts zu machen, aufrichten konnte ich mich nicht. Ich wartete lange. Es fiel mir schwer, den Kopf zu drehen und hinter mich zu schauen. Ich hatte so ein Gefühl, als wäre das Badezimmer voll von höhnisch lachenden ehemaligen Kunden, und dabei wußte ich doch, daß ich allein war. Ich hatte schreckliche Angst. Schließlich gab es wieder eine Art Einrasten in meinem Hirn und meinem Körper, meine Willenskraft rollte sich irgendwie zu einer Kugel zusammen und konzentrierte sich auf den unteren Rücken, ich drückte und drückte, und am Ende stand ich aufrecht. Das war der schlimmste Alptraum meines Lebens. Danach blieb mir ein ständiger Schmerz in den Hüften, eine Art Krampf, und ich konnte mich nur unter Schwierigkeiten geradehalten. Ich war derart durcheinander von allem, was soeben geschehen war, daß ich ein Bedürfnis hatte, mich im Spiegel anzuschauen, mich irgendwie wiederzuerkennen. Da sah ich meinen armen Körper, wie heruntergekommen er war. Von meinem früheren *Glanz* war nichts oder fast nichts mehr übrig. Die Haut auf meinem Rücken war rot und haarig, und am Rückgrat entlang rundeten sich diese merkwürdigen gräulichen Flecken. Meine einst so festen und prallen Schenkel brachen unter der überquellenden Zellulitis zusammen. Mein Hintern war prall und glatt wie eine riesige Knospe. Ich hatte auch auf dem Bauch Zellulitis, aber so eine komische, zugleich schlaff und sehnig. Und im Spiegel sah ich auch, was ich nicht sehen wollte. Es war nicht so wie damals beim Marabut im Spiegel, aber ebenso grausig. Die Brustwarze über der rechten Seite meines Busens hatte sich zu einer richtigen dicken Zitze entwickelt, und auf meiner Vorderseite gab es noch drei weitere Flecken, einen über meiner linken Brust und zwei andere, hübsch parallel, direkt darunter. Ich zählte sie wieder und wieder, da war kein Irrtum möglich, es waren wirklich sechs, davon drei fertig ausgeprägte Brüste. Es wurde hell. Plötzlich packte mich ein Gedanke. Ich warf mir einen Mantel über und ging schnurstracks zum Quai de la Mégisserie. Es dauerte noch etwas, bis die Geschäfte aufmachten. Bei der Auswahl ließ ich mir Zeit. Ich kaufte mir ein hübsches Meerschweinchen mit grünen Augen, ein Weibchen, die Männchen fand ich etwas abstoßend mit ihren großen Dingern. Und dann holte ich mir noch einen kleinen Hund. Der war teuer. Heutzutage sind Tiere ja ziemlich selten geworden. Aber eine Leine brauchte ich nicht zu kaufen. Der kleine Hund lief mir einfach neugierig hinterher, er schnüffelte die ganze Zeit meiner Spur nach. Das Meerschweinchen dagegen schlief in meinen Armen, es war unheimlich süß und sah ganz friedlich und glücklich aus. Der kleine Hund beschnupperte mich vorsichtig, als suchte er etwas. Mein Fall faszinierte ihn gleich. Und bei jedem Hund, dem wir auf der Straße begegneten, zeigte er mit der Schnauze auf mich. Die anderen Hunde starrten mich mit großen Augen an. Davon hatte ich sehr bald genug. Ich suchte einen Gefährten, jemanden, der mich verstehen und trösten konnte, nicht einen, der mich vorführte wie im Zirkus. Um den kleinen Hund hat es mir nicht leid getan, als Honoré ihn aus dem Fenster warf, bloß um das viele Geld. Honoré kam sturzbesoffen nach Hause. Er roch nach Weib, bestimmt eine seiner Studentinnen. Und sofort fing er an, sich mit lautem Gebrüll über meine *Menagerie* aufzuregen. Da wurde mir klar, daß unsere Beziehung wirklich auf dem letzten Loch pfiff. Ich schrie, wenn er meinem kleinen Schweinchen auch nur ein Haar krümmte, würde er aus dem Fenster fliegen, Honoré höchstpersönlich. An dem Morgen bin ich nicht in die Parfümerie gegangen. Beziehungsweise doch, ich habe nur schnell das Gitter hochgezogen und einige Parfums und Kosmetika mitgehen lassen. Ich weiß, das ist nicht gut, aber ich war ein bißchen aus den Fugen, im Normalzustand hätte ich so etwas nicht gemacht. Und dann stürzte ich mich in die Operation Letzte Chance. Ich verkaufte die Kosmetika auf der Straße und ging zu einer Hautärztin. Ich mußte unbedingt schön sein für Honoré, wenn er nach Hause kam. Die Ärztin stieß spitze Schreie aus, als sie mich untersuchte. Sie sagte, eine Haut in diesem Zustand sei ihr noch nie untergekommen. Da hatte sie ja wirklich tröstliche Worte gefunden, ich muß schon sagen. Ich erklärte ihr, ich wollte mich heute abend nur ein bißchen schminken können und weniger schlecht riechen, mehr doch nicht. Sie antwortete, sie sei Dermatologin, keine Kosmetikerin. Das war eine richtig schicke Frau, ich fühlte mich jämmerlich vor ihr. Immerhin hat sie mir aber eine Art Serum gespritzt, sie meinte, man finge sich leicht eine Krankheit ein, vor allem in den Parks, wegen all der Tauben. Dann fragte sie mit mißtrauischer Miene, ob ich in letzter Zeit Geschlechtsverkehr gehabt hätte. Ich wagte nicht zu antworten. Sie verdrehte die Augen gen Himmel und spritzte mir eine zweite Dosis Serum. Davon bekam ich gräßliche Kopfschmerzen, und mir wurde übel. Die Dermatologin bat mich, bitte nicht auf ihren Teppichboden zu kotzen. Das Ganze war irrsinnig teuer. Aber am Abend konnte ich mich schminken, ohne nennenswerte allergische Reaktionen, und auch die Rasur schien länger als gewöhnlich vorhalten zu wollen. Am selben Tag habe ich mir dann noch etwas geleistet: ein Kleid in meiner Größe. Die Verkäuferin sagte, in 48 gäbe es nur dieses Modell. Dabei war das Kleid wirklich hübsch. Sicher, es war sehr groß, hatte die Taille unter dem Busen und einen hochgeschlossenen Kragen, aber vor allem wirkte es duftig und leicht, mit einem Wort, sehr feminin. Als ich nach Hause kam, hatte ich kein Geld mehr. Aber ich fand so etwas wie einen Moment des Friedens. Ich konnte einen Kaffee trinken, ohne ihn gleich wieder von mir zu geben, und mich in einem Sessel etwas ausruhen.

Als Honoré heimkam, sagte er, du riechst aber gut. Ich hatte mich mit Yerling überschüttet. Honoré küßte mich auf die Stirn und sagte, da ich heute abend so schön sei, wolle er mich ins Aqualand einladen, zur Erinnerung an unser Kennenlernen. Ich hätte vor Glück weinen können. Als wir hinkamen, war eine Kabine auf Honorés Namen reserviert. Das freute mich ganz besonders, es erschien mir wie ein gutes Vorzeichen, daß von seiner Seite her alles organisiert war. In der Kabine hat sich Honoré dann einen Ruck gegeben und mich sodomisiert. Ich glaube, meine Vagina war inzwischen völlig undenkbar für ihn geworden. So vornübergebeugt, hatte ich gewissermaßen eine unverbaubare Sicht auf meine Vulva, und ich fand, sie guckte irgendwie seltsam heraus. Ohne Ihnen allzu viele Einzelheiten zumuten zu wollen, die großen Schamlippen hingen aus irgendeinem Grund tiefer als sonst, deshalb konnte ich sie auch so gut sehen. In *Die Frau* oder in *Meine Schönheit, meine Gesundheit*, ich weiß es nicht mehr, hatte ich gelesen, das Lieblingsgericht der alten Römer, die auserlesenste Köstlichkeit überhaupt, sei gefüllte Sauvulva gewesen. Das Magazin entrüstete sich über diese kulinarische Praktik, sie sei ebenso grausam wie machohaft den Tieren gegenüber. Ich hatte zu dieser Frage keine Meinung, meine politischen Ansichten waren nie sehr ausgeprägt gewesen. Honoré kam zum Ende. Wir verließen die Kabine. Ich hatte unbedingt mein Kleid zum Abendessen tragen wollen. Ein so hübsches Kleid, das wäre doch schade gewesen, es nicht noch ein bißchen zu nutzen, ein Kleid in meiner Größe, in dem ich sogar Luft holen konnte. Es wurde ein sehr angenehmes Abendessen. Sie hatten ein Buffet mit exotischen Salaten. Honoré ließ mich alles essen, was ich wollte, dabei war es sündhaft teuer. Mich störte nur eins: Ich hatte mein Meerschweinchen zu Hause gelassen, es fehlte mir schon. Zum Glück war Honoré so charmant zu mir, daß ich es bald vergaß. Ein wirklich nettes kleines Vieh. Fast wurde mir schlecht, als Honoré unbedingt wollte, daß ich sein Pekari auf Ananas probierte, aber ich brachte es gerade so über mich. Ich merkte, wie mir die Schminke herunterlief, mir war furchtbar heiß. Zum Glück hatte sich der Juckreiz noch nicht wieder eingestellt, der meine Allergien ankündigte. Unter den Palmen, in der Brise der Ventilatoren, die den Passatwinden nachempfunden war, konnte man sich fast auf einer glücklichen Insel wähnen, alles verlief wunderbar. Honoré kam richtig in Schwung. Was sich nicht übel traf, ich merkte nämlich, daß meine Brunst wieder im Anzug war. Honoré stand schon vor dem Nachtisch auf und meinte, wir sähen uns gleich in der Kabine. Mir war es ein bißchen peinlich vor all diesen Negern im Lendenschurz, die uns zufächelten, aber offensichtlich hatten die schon ganz anderes gesehen. In der Kabine überreichte mir Honoré ein Geschenk mit dem berühmten Wappen von Wolfado drauf und der großen Schleife aus versilbertem Samt und allem. Ich mußte losheulen. Honoré schimpfte mit mir, weil ich so sentimental wurde. In dem Päckchen war ein kostbarer Badeanzug, tief ausgeschnitten. Honoré zog mir höchstpersönlich mein Kleid aus und warf es zusammengeknüllt in eine Ecke; das tat mir etwas weh, wie achtlos er damit umging. Dann ließ er mich den Badeanzug anprobieren. Ich wollte ja nicht, aber wie konnte ich ablehnen? Die Nähte sind natürlich sofort geplatzt. Honoré war dermaßen wütend, daß er mich in diesem Aufzug aus der Kabine jagte. Zum Glück haben die Neger mit keiner Wimper gezuckt. Als Honoré mich dann ins Wasser schubste, ging gerade die Wellenmaschine los. Die Berührung mit dem Wasser löste eine plötzliche Woge der Panik in mir aus. Ich merkte, daß ich mich nur mit Müh und Not an der Oberfläche halten und gar nicht mehr richtig schwimmen konnte. Ich strampelte, Hände und Füße unter mir, schon wieder schienen meine Gelenke im rechten Winkel zu blockieren. Ausgerechnet ich, die ich das Wasser immer so geliebt und als wohltuend und erfrischend empfunden hatte, ich steckte im Aqualand mitten in diesem flüssigen, warmen Blau und erstickte fast, mein Herz raste auf Hochtouren, ich drehte durch, ich kam nicht wieder heraus. Honoré war vollkommen konsterniert. Aber er mußte den Tatsachen ins Auge sehen. Ich war nicht mehr die Frau, die er kennengelernt hatte. Ein Junge streckte mir die Hand entgegen, ich ergriff sie, aber der Bengel ließ mich mit höhnischem Gelächter wieder los und beschimpfte mich als fette Kuh. Wieder mußte ich heulen. Honoré ging fort, ohne sich umzudrehen, bestimmt schämte er sich zu Tode. Als er zurückkam, hing ihm eine dieser Negerinnen im Tanga am Arm, die hier am Empfang sitzen. Die Negerinnen vom Aqualand kennt man ja. Honoré stank nach Palmwein. Ich war aber doch froh, daß er noch mal auftauchte, er hatte ja den Schlüssel zu der Kabine, und all meine Sachen waren noch da drin. Ich hatte mich, so gut es ging, unter einem Mangrovenbaum aus rosa Vinyl versteckt, wo mich allerdings eine Bande kleiner Jungen belästigte, die der erste Bengel angeschleppt hatte. Sie zogen immer an dem letzten intakten Träger meines Badeanzugs und wollten mich zwingen, die zerfetzten Lappen loszulassen, die noch meinen Hintern bedeckten. Das war ein fröhliches Gerangel um mich herum, ich kann Ihnen sagen. Honoré schaute nicht besonders begeistert drein. Er schickte die Negerin weg, offenbar wollte er keine Zeugen dabeihaben, und dann sagte er zu mir, tiefer als ich könne man nicht sinken, ich hätte ihn betrogen, ich sei eine dreckige Schlampe. Das waren seine Worte. Er weinte. Ich hätte alles dafür gegeben, ihn trösten zu können, es machte mich einfach fertig, ihn so zu sehen. Aber ich konnte doch nicht unter dem Mangrovenbaum vorkommen, von wegen dem Anstand. Die Negernutte kam zurück und holte Honoré weg. Bestimmt hat sie ihn tatkräftig getröstet, ich bin ja nicht blöde. Im Gehen hatte Honoré noch einen letzten Rat für die Jungs, er sagte ihnen, sie sollten mir mal zeigen, wo's langgeht. Die Bengel warfen mich ins Wasser. Ich wäre beinah ertrunken. Sie waren ein gutes halbes Dutzend, der Badeanzug war gleich hinüber. Als sie genug von mir hatten, flehte ich sie an, mir mein Kleid zu bringen oder zumindest ein Handtuch, aber wo denken Sie hin, es gibt keine Kinder mehr. Die haben mich einfach im Wasser zurückgelassen. Ich konnte nicht mehr. Das Aqualand war dabei zu schließen, und ich hing da splitternackt wie eine Idiotin im Wasser. Einer von den großen Negern, die hier den Bademeister machen, kam an und sagte, wenn ich weiterhin Unruhe stiften würde, müsse er die Polizei holen. Ich wußte genau, das würde er nicht tun, bei allem, was im Aqualand so läuft. Ich bat ihn, mir etwas zum Anziehen zu bringen. Er fing an zu lachen wie der ausgestopfte Walfisch, mit dem die Decke der Halle dekoriert ist. Aber nach einer Weile kam er dann doch und warf mir eine Art Bademantel zu, der allerdings viel zu klein war. Ich krabbelte aus dem Wasser, so gut es eben ging. In diesem Augenblick kamen mehrere Gendarmen herein, und ich dachte, das ist das Ende, jetzt werde ich, die ich stets ein ehrbares Leben geführt habe, zum erstenmal in meinem Leben auf die Wache gebracht. Ich fing an zu weinen. Aber die Gendarmen kamen gar nicht meinetwegen. Sie begleiteten ganz viele feine Herren, die sich am Poolrand niederließen. Dabei hatte das Aqualand doch schon zu. Die Negerinnen im Tanga hängten den Herren Blumenkränze um den Hals, und die Herren steckten ihnen Banknoten in den Tanga. Da bildeten sich auf der Stelle Paare aus einzelnen Herren und Negerinnen, und sogar aus einzelnen Herren und Negern, so was gibt's. Einige warteten dann auch gar nicht mehr lange ab, um ihr Geschäft zu erledigen, und stürzten sich in den Kleidern mit ihrer Negerin oder ihrem Neger ins Wasser, da blieb mir glatt die Spucke weg. Ich wußte wohl, daß auf den Privatpartys im Aqualand nicht Trübsal geblasen wurde, aber trotzdem, im Wasser und so. Dann sprach jemand in ein Mikrofon, und ein großer Tisch voller Speisen und Getränke rollte ganz von allein an den Poolrand. Einige Herren machten sich darüber her, andere entkorkten Champagnerflaschen, im Wasser, es spritzte überallhin, und das bei den heutigen Preisen. Dann kam eine Rollschuhläuferin und machte einen Striptease auf dem Steg quer über dem Wasser. Ich habe geschlottert vor Angst, daß mich jemand entdeckte, vor allem weil die Herren allmählich alle volltrunken waren, ich wußte doch von Honoré, daß der Alkohol die Menschen völlig umkrempelt. Ein Mann, der getrunken hat, das möchte ich den jungen Frauen sagen, die diesen Bericht vielleicht einmal lesen dürfen, ein Mann, der getrunken hat, vergißt seine natürliche Liebenswürdigkeit. Wahrscheinlich ist es das beste für eine junge Frau von heute – ich erlaube mir diese Meinungsäußerung, nach allem, was ich durchgemacht habe –, wenn sie einen guten Ehemann findet, der nicht trinkt, denn das Leben ist hart, und eine Frau arbeitet einfach nicht so wie ein Mann, und außerdem sind es ja nicht die Männer, die sich um die Kinder kümmern, wo es doch, das sagen alle Regierungen, nicht genug Kinder gibt. Die Rollschuhläuferin brachte ihre Nummer zu Ende, indem sie splitternackt an einer Palme hochkletterte und ein riesiges Schild aufhängte, worauf allgemeiner Applaus losbrach. Da stand: *Edgar* Sowieso, *für eine gesündere Welt*. Ich wollte mir die Rede eigentlich anhören, die nun folgte, aber es ist mir schon immer schwergefallen, mich auf solche Sachen zu konzentrieren, weil ich ja nicht so viel gelernt habe. Doch eines begriff ich schon, nämlich daß der Herr meinte, jetzt würde alles besser; wir steckten in einer hundsgemeinen Phase des Wandels, aber mit ihm würden wir gesund daraus hervorgehen. Mir wurde klar, daß es offenbar bald Wahlen gab. Edgar wirkte nett, ich sagte mir, schließlich und endlich hast du doch nichts zu verlieren, wenn es ganz dicke kommt, kannst du ihm immer noch deine Stimme versprechen. Ich kroch so unauffällig wie möglich hinter meinem Mangrovenbaum hervor. Alle waren volltrunken. Inzwischen lief donnernde Musik, die Lichter gingen aus, und ich sagte mir, das kann der Flucht ja nur dienlich sein. Dann drehten und schwirrten so Laserstrahlen oder was weiß ich in der ganzen Halle umher, alle hüpften herum und schubsten sich gegenseitig ins Wasser, ich hatte ziemliche Orientierungsprobleme. Und prompt lief ich einem Typen, der nicht betrunken war, direkt in die Arme. Er hielt mir einen dicken Revolver an die Schläfe, ich dachte, gleich sterbe ich. Er stieß mich in einen kleinen Nebenraum. Dort stellten mir lauter Herren in kugelsicheren Westen eine Menge Fragen. Ich sagte, ich wäre mit Honoré zum Abendessen hergekommen, er hätte mir einen Badeanzug geschenkt, der dann aber geplatzt wäre. Damit waren sie anscheinend nicht zufrieden. Der mit dem dicksten Revolver sprach in sein Handy und fragte, was sie mit mir machen sollten. Er sah mich an und sagte: »Nee, nicht abendfüllend.« Das hat mich gekränkt. Dann legte er auf, wandte sich seinen Männern zu und sagte diesen anderen Satz: »Unsereins lassen die Bonzen bloß die Speckschwarten übrig.« Das hat mich noch mehr beleidigt. Doch die Männer sahen mich an, als hätte es sie beleidigt. Ich bekam schreckliche Angst. Am Ende wurde ich aber doch nicht umgebracht. Sie haben nur ein kleines Spiel mit ihren Hunden gespielt. Doch dann schauten sie richtig angeekelt drein, könnte man sagen, und rissen uns auseinander, gerade als es am schönsten war. Einer der Männer zog seinen Revolver und sagte: »Die Hündin gehört abgeknallt«, also ich hatte bloß Rüden gesehen. Erst jetzt verstehe ich den Sinn dieses Satzes. In diesem Augenblick kam ein Mann im Anzug herein. Er fragte, was denn hier los sei, und half mir durchaus galant auf die Beine. Die Männer in ihren kugelsicheren Westen sagten nichts, und der eine, der so aufgeregt war, packte seine Waffe weg. Der Mann sagte, er habe Schreie gehört, als sei ein Schwein abgestochen worden. Er betrachtete mich etwas mitleidig. Dann nahm er mich mit und bot mir ein Glas Rum an. Er musterte mich und dachte dabei sichtlich angestrengt nach. Er fragte, wie es mir gehe und so. Dann warf er mir ein Handtuch hin, damit ich mich abwischen konnte, und schickte eine Negerin los, mir ein Kleid zu holen. Stellen Sie sich mal vor, zwei neue Kleider an einem Tag. Und dann so hübsche. Der Herr rief mit seinem Handy irgendwen an, und dann tauchte, Sie werden es nicht glauben, eine meiner ehemaligen Kolleginnen auf. Sie sagte nichts, als sie mich sah, aber es sprang einem gleich ins Auge, daß sie sich fragte, was die wohl an mir fanden und warum ich da war und nicht sie an meiner Stelle. Sie kämmte mich und zerrte an meinen Haaren herum, dann sagte sie, da wäre nichts zu machen. Der Herr meinte, auch egal. »Je mehr sie nach Bauerntrampel aussieht, desto besser«, fand er. Ich wagte nicht zu protestieren. Die Kollegin schminkte mich. Dabei unterstrich sie auf meinen Backen die bäurische Röte, könnte man sagen, ich habe genau gesehen, daß es Absicht war, mit dem Schminken kenne ich mich inzwischen aus. Ich hatte nur eine Angst, daß nämlich das Serum der Dermatologin nicht lang genug wirkte. Die Kollegin rümpfte die Nase und sprühte mich mit Wolfado voll. Der Herr schickte sie weg und nahm mich mit nach oben in ein Büro, wo Monsieur Edgar und zwei andere feine Herren saßen, dazu zwei, drei Mädchen. »Ich habe die Perle gefunden«, verkündete der Herr triumphierend. Und Edgar und die beiden Herren starrten mich restlos begeistert an. Das tat mir mal richtig gut, mehr brauche ich Ihnen nicht zu sagen. Sie kniffen mich überall hin, untersuchten das Weiß meiner Augen und Zähne, ich mußte mich um die eigene Achse drehen und lächeln, und dann schickten sie die anderen Mädchen weg. Ich sah mich schon auf dem Weg zu einer großen Filmkarriere, na, damit lag ich gar nicht so weit neben der Wahrheit. Stellen Sie sich vor, zwei Minuten später kam ein Fotograf mit einer Polaroidkamera und fiel über mich her. Dann kümmerten sich die drei Herren überhaupt nicht mehr um mich, sie beugten sich nur noch über die Fotos. Ich stand mir da die Beine in den Bauch und fragte mich, was sie bloß an mir fanden. »Für eine gesündere Welt!« johlte plötzlich einer von ihnen los, und sie fingen alle furchtbar an zu lachen. Ich glaube, die haben sich über mich lustig gemacht. Der Fotograf nahm mich mit nach Hause. Die ganze Nacht mußte ich für seine Aufnahmen posieren, und hü, ich mach dir ein anderes Licht, und hott, ich pudere dir das Schnäuzchen nach. Das Serum der Dermatologin hielt durch, aber ich war fix und fertig. All diese Aufregung, ich fand, das reichte für einen Tag. Ich mußte gähnen, und der Fotograf beschimpfte mich, lächeln sollte ich und mich genau so und so hinstellen, also wirklich. Dann setzte mich der Fotograf vor die Tür, nachdem er mir einen Haufen Scheine in die Hand gestopft hatte. Das fand ich korrekt. Es tat mir nur leid, daß ich den Schluß der Party im Aqualand verpaßt hatte, wo ich doch noch nie im Leben auf einen so hochkarätigen Empfang eingeladen war.

Ich kehrte zu Honoré zurück, weil ich nicht wußte, wo ich sonst hinsollte. Da erwartete mich eine böse Überraschung. Honoré hatte all mein Zeug auf den Treppenabsatz gestellt, meine Kosmetikpröbchen, meine Unterwäsche, meinen weißen Kittel und meine graue Hose, die zu eng geworden war. Zum Glück hatte ich mir im Aqualand ein tragbares Kleid verdient. Ich sammelte meine Sachen auf, und als ich meinen weißen Kittel aufhob, merkte ich, daß er voller Blutflecken war. Ich ließ ihn gleich angeekelt wieder fallen, und mit einem weichen Laut plumpste er zu Boden. Honoré hatte mein kleines Meerschweinchen geschlachtet und in die Vordertasche meines Kittels gesteckt. Ich konnte ihn nicht einfach so wieder aufheben. Ich mußte kotzen. Überall war Schweineblut auf dem Treppenabsatz und Erbrochenes. Bestimmt würde sich Honoré darüber gar nicht freuen, wenn er die Tür aufmachte. Ich setzte mich in Bewegung, doch ich konnte kaum gehen. Meine Hüften brannten, mein Kopf war schwer, mir juckte die Nase, und ich mußte mich anstrengen, daß ich den Hals aufrecht hielt. Es fühlte sich an wie ein Krampf im Nacken und im Rücken. Ich wanderte ziellos durch die Vorstadt. Der Tag brach an. In einer Mülltonne fand ich zwei Plastiktüten, in die ich meine Sachen steckte, so lief es sich leichter. Auf einer Bank mußte ich eine Pause machen, weil meine Gelenke schmerzten. Aber es tat mir gut, ein Weilchen zusammengekauert dazusitzen. Die Vögel fingen an zu singen. Ich erkannte die Amseln, und dort, wo der Rauch von

Issy-les-Moulineaux herüberkam, sang sogar eine Nachtigall. Ich hatte bisher gar nicht gewußt, daß ich den Gesang einer Nachtigall erkennen konnte. In der Nähe der Gullydeckel sah ich ein paar Ratten auf der Suche nach etwas Eßbarem, außerdem kleine gelbe Mäuse und eine Katze auf der Lauer. Die Taktik der Katze habe ich lange beobachtet, bis ich Hunger davon kriegte. Ich hatte die ganze Nacht mit nichts als Salat Tropical im Bauch verbracht, und noch dazu hatte ich alles wieder ausgekotzt. Der Himmel war blaßgrau, mit einigen Streifen Rosa, und die Rauchwolken der Schlote schimmerten grün im Morgenlicht. Ich weiß nicht, warum das eine solche Wirkung auf mich hatte, ich war bewegt, könnte man sagen. Die Amseln und die Nachtigall verstummten allmählich, und jetzt waren es die Spatzen, die loszwitscherten, die Kleinen im Nest verlangten ihre Ration. Ich fühlte mich unglaublich wach und ausgehungert. Irgendwann rollte ich mich auf die Seite und rutschte von der Bank. Ich fiel auf alle viere. Plötzlich stand ich fest auf dem Boden, er gab nicht nach unter mir, und nichts tat mir mehr weh; eine grenzenlose Ruhe war in meinen Körper eingekehrt. Und nun fing ich an zu essen. Es gab Kastanien und Eicheln. In diesem Vorstadtviertel stehen amerikanische Eichen, die sich im Herbst leuchtend rot färben. Vor allem die Eicheln waren köstlich, mit so einem Geschmack von frischer Erde. Sie zerknackten unter meinen Zähnen, und dann vermischten sich die Fasern mit dem Speichel, das war zäh und grob, und das sättigte. Ich hatte einen kräftigen Geschmack von Wasser und Erde im Mund, einen Geschmack von Wald und trockenem Laub. Es gab auch eine Menge Wurzeln, die dufteten lecker nach Süßholz, Zaubernuß und Enzian und flutschten weich die Kehle hinab wie ein Dessert, daß man richtig zu sabbern anfing, in langen süßen Speichelfäden. Bis in die Nase stieg mir das, also, hopp, mit der Zunge über die Schnute geleckt. Ich bemerkte den Schatten eines Passanten und konnte mich ein wenig aufrichten und so tun, als suchte ich etwas. Dann verschwand der Schatten. Aber nun tauchten weitere an der Straßenecke auf. Ich biß die Zähne zusammen und setzte mich wieder auf die Bank. In der Mülltonne fand ich ein Papiertaschentuch und wischte mir damit das Gesicht ab. Es war voller Sabber und Erdkrümel. Ich hatte keinen Hunger mehr, genug gegessen. Dort blieb ich eine ganze Weile. Die Vögel setzten sich auf mich und versuchten, an meinen Wangen zu picken, hinter den Ohren, im Mundwinkel, überall, wo etwas zu essen hängengeblieben war. Das kitzelte vielleicht, und ich lachte mitten hinein in ein großes Flügelrauschen. Es war längst Zeit, zur Arbeit zu gehen. Immer mehr Schatten kamen vorbei. Es war fast ganz hell geworden, der Himmel strahlte grau-golden. Die Leute waren unterwegs Richtung Metro. Niemand schaute mich an, dabei gingen alle direkt an meiner Bank vorbei, um die Plastiktüten herum. Alle wirkten sie erschöpft. Es waren auch einige Frauen mit Säuglingen im Kinderwagen dabei, die Babys waren dick und rosig, ich bekam richtig Lust, sie mir an die Brust zu legen oder sie mit meiner Nase zu stupsen, mit ihnen zu spielen, in sie hineinzubeißen. Über mir weitete sich der Himmel. Von dort, wo ich war, sah ich die Spitze des Hochhauses, in dem Honoré wohnte, Lichter entzündeten sich am Himmel. Ich konnte sein Fenster nicht genau erkennen, aber ich stellte ihn mir vor, schlecht rasiert, verkatert, vielleicht war die Negerin noch da und kochte ihm Kaffee. Es klingt zwar traurig, aber mir ging es dort, wo ich war, wesentlich besser. Garantiert kriegte die Negerin nicht die Mischung hin, die ihn morgens wieder auf Trab brachte, wenn er zuviel getrunken hatte. Honoré brauchte eine richtige Frau, eine, die wußte, wie man sich um ihn kümmert. Alles wäre bestimmt viel einfacher gewesen, wenn ich mich bereit erklärt hätte, zu Hause zu bleiben, ein Kind zu bekommen und all das. Ich empfand Reue und Scham, daß ich es nicht geschafft hatte, aber zugleich hatte ich eine solche Lust, mir den Sonnenaufgang bis zu Ende anzuschauen. Ich weiß, es ist schwer nachzuvollziehen, aber mir war überhaupt nicht mehr nach Arbeit zumute. In meiner Tasche steckte das viele Geld, aber das würde nicht ewig reichen, und ich hätte bestimmt besser daran getan, es auf die hohe Kante zu legen. Aber ich sagte mir auch, wenn du dir erst einen neuen Arbeitskittel kaufen mußt, um wieder in die Parfümerie zu gehen, dann wird auch nicht viel davon übrigbleiben. Auf einmal fingen die Tauben an zu gurren. Da war auch eine extrem kurzsichtige Fledermaus, die nicht nach Hause gefunden hatte und, mit Mücken vollgefressen, hin und her flatterte. Ich begriff, daß sie Angst hatte, im Sonnenlicht draußen zu sein. Die Ultraschalltöne, die sie blind vor Furcht ausstieß, hallten in meinen Ohren. Ich konnte nicht viel für sie tun. Mein Meerschweinchen fehlte mir. Und seltsam, die Sonne hörte gar nicht mehr auf mit dem Aufgehen. Ich konnte die Rauchwolken von Issy immer schlechter erkennen, die Farben verschwammen. Ich sah jetzt nur noch den tiefroten Grund des Himmels, alles andere waren schwarze und weiße Schatten. Ich rieb mir die Augen. Und konnte wieder normal sehen. Ich glaubte sogar, bemerkt zu haben, wie bei Honoré das Licht ausging. Wenige Minuten später ging er an mir vorbei, gleich würde er die Metro nehmen, dann einen Zug, um zur Arbeit zu kommen. Die nächsten zwei oder drei Tage blieb ich auf der Bank, um Honoré zu sehen. Dann muß wohl Sonntag gewesen sein, weil er sich nicht blicken ließ. Ich zögerte, ob ich zur Messe gehen sollte. Ich fühlte mich seltsam wohl und unbehaglich zugleich, ich weiß auch nicht, wie ich es sagen soll. Ich dachte, vielleicht würde es mir guttun, die Kommunion zu empfangen. Das Gehen fiel mir auch immer schwerer, und da ich mein Geld überhaupt nicht anrührte – schließlich schlief und aß ich ja unter den Eichen –, sagte ich mir, vielleicht solltest du dir mal einen Arzt leisten. Ich war inzwischen davon überzeugt, daß ich etwas am Gehirn hatte, einen Tumor, was weiß ich, irgend etwas, das mir gleichzeitig die hinteren Gliedmaßen lähmte, die Sehkraft beeinträchtigte und auch das Verdauungssystem ein bißchen durcheinanderbrachte. Ich versuchte gar nicht mehr, etwas anderes zu essen, als was sich auf der Erde fand; lohnte sich doch nicht, wenn mir bloß schlecht davon wurde. Ich vermied es um jeden Preis, an Fleisch zu denken, an alles, was irgendwie mit Wurst, Blut, Schinken, Innereien zu tun hatte. Was mich dann tatsächlich in die Kirche trieb, war der Bautrupp: Die Eichen wurden gefällt, um eine große Plakatwand zu errichten. Die Arbeiter beachteten mich nicht weiter, sie stellten nur meine Bank zur Seite, um sich ungestört ans Werk machen zu können. So eine Kreissäge, das geht flott. Es roch gut nach frischem Holz, aber ich konnte kaum mit ansehen, wie sich die Eichen mit aller Kraft aufbäumten und dann ächzend zusammenbrachen. Wo sollte ich denn jetzt unterkommen? Ich knabberte an ein paar Spänen. Ein Arbeiter gab mir ein Stück von seinem Sandwich und meinte: »Ist das ein Elend.« Ich hätte mich ja gern bei ihm bedankt, aber nichts zu machen, ich konnte kein Wort herausbringen! Genau das richtige für die Beichte, sagte ich mir. Das Sandwich war mit Schinken, ich ließ los, und es fiel auf die Erde, der Arbeiter guckte nicht besonders erfreut. Na ja, und deshalb krabbelte ich von meiner Bank runter, eine einzige Plackerei, und da sah ich das Foto, mit dem gerade die nagelneue Plakatwand beklebt wurde. Das war ich. Vielmehr, zuerst dachte ich mir, diese Person erinnert dich doch an jemanden. Einer der Arbeiter musterte mich mit einem komischen Gesichtsausdruck, dadurch kam ich drauf. Der Arbeiter hatte mich wiedererkannt, oder ich glaube eher, daß er das Kleid wiedererkannt hatte. Es machte sich gut auf dem Foto, jedenfalls besser als an mir, es war ja schon voller Flecken vom Eichelsaft und der Erde. Nun fing es an zu regnen. Deshalb konnte ich nur noch verschwommen sehen, aber ich glaube, geweint habe ich auch. Das Kleid war sehr schön, rot mit kleinen Blumenstickereien und einer weißen Schürze vorn. Mich selbst konnte ich kaum wiedererkennen, aber der Blick auf dem Foto war unverwechselbar. Eigentlich hatte ich erst gedacht, ich sähe da ein Schwein, dem sie dieses schöne rote Kleid angezogen hatten, irgendwie ein weibliches Schwein, eine Sau, um genau zu sein, und in ihren Augen lag der Blick eines getretenen Hundes, dieser Blick, den ich immer bekomme, wenn ich erschöpft bin. Aber Sie können sicher verstehen, daß es mir erst mal schwerfiel, mich darin wiederzuerkennen. Dann glaubte ich zu begreifen, daß das bloß eine optische Täuschung war, daß nur die leuchtendrote Farbe des Kleides meinen Teint auf dem Foto so unglaublich rosig erscheinen ließ, viel rosiger als in Wirklichkeit, trotz meiner wiederholten Allergien, und daß dieser Eindruck, man hätte einen Rüssel vor sich, etwas spitze Ohren, kleine Äuglein und all das, nur von der ländlichen Stimmung des Fotos kam und von meinen diversen Kilo Übergewicht. Nehmen Sie doch mal ein x-beliebiges gesundes Mädchen, stecken Sie es in ein rotes Kleid, mästen Sie es ordentlich, und machen Sie es dann ein bißchen müde – Sie werden sehen, was ich meine. Doch kaum hatte ich die optische Täuschung durchschaut, da erkannte ich mich wirklich auf dem Plakat. Augenblicklich faßte ich den festen Entschluß, abzunehmen und mich etwas zusammenzureißen. Dieses Foto half mir beim Aufstehen. Dieses Foto verhalf mir zu der Erkenntnis, daß ich mich unbedingt waschen, daß ich diese Bank verlassen und die Dinge wieder in die Hand nehmen mußte. Ich war allein bei der Aussicht schon ganz erschöpft, aber ich mußte es tun. Insofern bin ich Edgar wirklich unendlich dankbar. Ich beschloß, zur Messe zu gehen. Vor der Kirche wurde mir klar, daß ich langsam etwas dämlich wurde, denn Messe ist ja wohl sonntags, und ich hatte doch gerade die Arbeiter ans Werk gehen sehen. Also mußte es Montag oder Dienstag sein, vielleicht sogar Mittwoch. Ich hatte Honoré verpaßt oder ihn nicht erkannt. Ich merkte, daß ich gar nicht mehr genau wußte, wie Honoré eigentlich aussah, ich konnte mich noch so konzentrieren, sein Bild verschwamm vor meinem geistigen Auge. Die Kirche war offen. Ich stieß die Tür auf und bekreuzigte mich über dem Weihwasserbecken. Dann wollte ich mich hinknien, um zu beten. Aber Sie werden es nicht glauben, mir fiel nicht ein, wie es weitergeht nach »Geheiligt werde Dein Name!« Ich muß wohl dermaßen verstört gewirkt haben, daß ein Pfarrer auf mich zukam und fragte, was ich denn da täte. Ich sagte zu ihm, ich wolle beichten. Dann gingen wir in dieses Dings rein. Ich weiß nicht warum, aber in dieser Kirche fühlte ich mich irgendwie unwohl, fehl am Platz, das ist es. Ich hatte meine Plastiktüten am Eingang stehenlassen, mir war schon klar, daß das keinen besonders guten Eindruck machte. Das hohe Gewölbe und so, das war ja alles sehr schön, aber die erwünschte erhabene Gestimmtheit wollte sich nicht einstellen. Vielleicht lag das an der Gegenwart dieses Pfarrers. Ich hörte ihn auf der anderen Seite der Trennscheibe vor sich hin schniefen, zum Glück war da so ein Sprechgitter eingebaut, sonst hätte ich Angst gehabt, mir einen Bazillus einzufangen. Der Pfarrer fragte mich, ob ich krank sei. Ich antwortete, das nicht, aber komisch würde ich mich fühlen. Der Pfarrer sagte, ich sollte beten und Buße tun. Ich bußte, weil ich es mußte. Das letztemal war ich vor Urzeiten zur Beichte gegangen, genauer gesagt, bei meiner ersten Kommunion, aber die ganze Sache hatte mich tief geprägt, ich hatte damals genau gespürt, wie gut es mir tat, den Leib Christi zu essen. Den wollte ich jetzt wieder essen. Aber der Pfarrer wollte mir nichts davon geben. Er sagte, ich hätte ihm nicht alles erzählt. Er sagte, man finge sich derzeit leicht eine Krankheit ein, aber diese Strafe träfe nur die Sünder. Er fand, man sähe mir doch am Gesicht an, daß ich krank sei. Durch das Sprechgitter konnte ich erkennen, daß er sich ein Taschentuch vor die Nase hielt. Das Gesicht des Pfarrers war ganz entstellt durch das Doppelglas, seine Augen wirkten wie auf den Kopf draufgesetzt, und darunter sah es nach einer Hundeschnauze aus, und überall so verwischte Runzeln und aufgeworfene Hautfalten. Der Pfarrer musterte mich gewissermaßen. Ich wußte nicht, was ich ihm sonst noch erzählen sollte. Ich versuchte mich zu konzentrieren, aber ich schaffte es nicht, das lag an seinem Blick, an dem Geruch seiner schwarzen Robe und auch seiner Haut. Dieser äußerst fade Geruch drang mit einer merkwürdigen Intensität zu mir, ebenso der Geruch nach Weihrauch und alten Bildern an den Wänden, nach Salpeter und trockenen Buchsbaumzweigen. Es war kalt und feucht in dieser Kirche und sehr düster, ich konnte den Pfarrer immer schlechter erkennen, und am liebsten hätte ich geniest, mich auf meinem Sitz zusammengerollt und geschlafen. »Raus!« sagte der Pfarrer. Ich bezahlte ihn durch einen Schlitz in der Trennscheibe und ging. Irgendwer hatte meine Tüten gestohlen, auch egal. Die frische Luft tat mir gut. Ich wollte nicht gleich zu einem Arzt gehen, das war genug Wiedereingliederung für einen Tag. Ich fühlte mich saumüde. Also kehrte ich zu meiner Bank zurück und rollte mich darauf zusammen. Ich schlief. Es regnete immer noch. Als ich aufwachte, war der Himmel an einer Stelle aufgerissen und die Sonne hatte die Hälfte ihres Weges hinter sich, der Wind roch abendlich. Ich schämte mich. Wenn ich wieder etwas vorzeigbarer werden wollte, dann doch nicht, indem ich pitschnaß auf der Bank lag und die ganze Zeit schlief. Schließlich mußte ich mir jetzt, da ich meine Arbeit in der Parfümerie verloren hatte, etwas Neues suchen, mein Geldvorrat war schließlich irgendwann aufgebraucht. Ich stand auf und zog los, so gut es eben ging, mit stechenden Schmerzen im Nacken, in den Hüften und im Kreuz. Ständig mußte ich pausieren und die Schultern rund machen, um etwas Druck vom Rücken zu nehmen. Mit der Zeit ging ich immer gebeugter, ich konnte mich in den Schaufenstern sehen. Ich bot einen seltsamen Anblick. Dann kam ich bei der Parfümerie an. Ich wußte auch nicht recht, was ich da wollte. Im Wind witterte ich eine schwitzende Frau, die sich mit Yerling parfümiert hatte, dazu den typischen Geruch geschäftiger Tage – Massageöl und kaltes Sperma. Ich setzte mich auf eine Bank im kleinen Park. Die Dame in Schwarz war da, aber sie schien mich nicht wiederzuerkennen. Ich verschränkte die Beine unter mir, gegen die Rückenschmerzen, und zog die Brust ein. Ich spürte, wie meine Brüste herabhingen, sie waren schwer und taten weh. Ich konnte sie kaum tragen, vielleicht kamen daher die Rückenschmerzen beim Gehen. Von der Bank aus war das Schaufenster zu sehen. Im Augenblick schien die Parfümerie leer zu sein, der gefütterte Seidenvorhang war zugezogen. Im Hinterzimmer lief bestimmt gerade eine Massagesitzung, in dem schönen Salon voll goldener Sofas und potenzverstärkender Edelamulette und aphrodisischer Zerstäuber. Mir war, als säße ich dort, ich sah alles ganz deutlich vor meinem geistigen Auge, ich brauchte nur den Vorhang zu fixieren und hatte das Gefühl, als schaute, als bohrte ich hindurch. Bei den Ansprüchen des Generaldirektors muß es ganz schön schwer gewesen sein, mich zu ersetzen, so hoch, wie die Latte hing. Ich bedauerte bloß, daß ich keine Weiterbildung zur *Chiromantikerin* besucht hatte, so heißt das, glaube ich. Eigentlich hatte ich zwar ein Maniküre-Praktikum in Abendkursen absolviert, aber das Nonplusultra war, aus den Linien der Hand lesen zu können. Ich hatte ja nicht studiert, aber der Generaldirektor hatte mir versprochen, daß ich zumindest so ein Diplom an der Großen Universität im Stadtzentrum bekommen sollte, da hatte er Beziehungen. Für den Generaldirektor wäre durch eine Verkäuferin mit Diplom das Renommee seiner Ladenkette gestiegen. Die Parfümerie hatte schon ihr Gutes, immerhin eine solide Ausbildung, und wenn man es recht bedenkt, war das doch kein schlechter Beruf. Der Gedanke machte mich ganz traurig, daß ich nun für immer dumm und ungebildet bleiben würde. Ich fragte mich, was aus mir werden sollte, aber wenn ich den Packen Geldscheine in meiner Tasche befühlte, war ich beruhigt, ich sagte mir, damit hast du Zeit zum Nachdenken, schließlich hast du es im Leben doch zu etwas gebracht. Hinter dem Vorhang wurde es plötzlich hell im Schaufenster, und ich witterte die Verkäuferin, die mich im Aqualand frisiert hatte, wenn man das so nennen will. Das Flittchen besserte da nicht nur ihr Einkommen auf, sie war auch innerhalb der Ladenkette aufgerückt, also hatte sie mir meinen Platz weggeschnappt. Es tat mir weh zu sehen, wie schön sie war und wie der Kunde ihr gerade befriedigt den Hintern tätschelte. Trotz des Vorhangs konnte ich das sehen, ich hatte einen seltsamen sechsten Sinn, wie neue Augen. Der Mann war ein alter Stammkunde von mir, einer der besonders schicken, besonders alten Herren mit besonders perversen Vorlieben, die besonders viel für Salben, Dildos und Edelamulette hinlegten. Ich erfühlte ihn hinter dem Vorhang, das war er und kein anderer, einer der besten Kunden des Ladens; ich nahm einen Geruch nach altem Papier wahr, so ein Beben der Luft um ihn herum. Also, wenn der Verkäuferin so eine Kundschaft gefiel, na bitte, die konnte sie haben. Dann spürte ich jemand Vertrautes die Straße entlangkommen, und ich sah den Marabut auf dem Weg zum Laden. Seit einiger Zeit belieferte er die Firma mit afrikanischen Produkten, er wußte der schicken Klientel gegenüber diskret aufzutreten, und inzwischen hatte er auch seine gräßliche Eingeborenenkleidung abgelegt. Im Gegenzug machte ihm der Generaldirektor Freundschaftspreise bei der *Ultrableichcreme für die schwarze Haut* von Wolfado und bei der gesamten Dienstleistungspalette der Verkäuferinnen seiner Kette. Offensichtlich nutzte er das weidlich aus, das Schwein, es tat mir ein bißchen weh, wenn ich an die phantastische Woche dachte, die wir gemeinsam verbracht hatten. Ich fragte mich, was der Marabut an dieser Schlampe von Verkäuferin fand, die man auf hundert Meter riechen konnte wie jede Rothaarige, da half alles Yerling dieser Welt nichts. Der Marabut ging ja immer hausieren mit seinen Talenten als Medium, aber als er an mir vorbeikam, bemerkte er nichts, dabei hatte ich ihn sofort auf der Straße entdeckt. Ich war regelrecht enttäuscht von ihm. Doch zu meiner großen Überraschung betrat der Marabut den Laden gar nicht. Er setzte sich neben die Dame in Schwarz. Sie redeten lange miteinander, und dann gingen sie gemeinsam fort. Der kleine Park war leer. Mit einem Schlag fühlte ich mich unglaublich einsam. Dann hörte ich ein kleines, wohlbekanntes Knirschen, kaum vernehmlich. Das war das Gitter der Parfümerie, das elektrisch heruntergelassen wurde. Ich witterte, wie der Geruch von Schweiß und Yerling die Straße entlangzog. Die Sonne ging unter. Wieder konnte ich ganz schlecht sehen, verschwommen, als hätte mich die Kurzsichtigkeit der Fledermäuse angesteckt, die um mich herum erwachten. Ein Höllenlärm war das. In den Baumwipfeln hörte ich die Spatzen in ihrem frühen Schlaf mit den Federn rascheln, ihre Lider bei den letzten Reflexen des Wachseins seidenweich schlagen, und ihre Träume glitten mit den verglimmenden Sonnenstrahlen über meine Haut. Überall im lauen Schatten der Bäume schwebten Vogelträume; und die Fledermäuse träumten überall am Himmel, sie haben nämlich Wachträume. Ich war ganz bewegt von all diesen Träumen. Ein Hund kam auf mich zu, um sein Bein zu heben, und ich spürte, daß er gewissermaßen mit mir reden wollte, aber dann überlegte er es sich doch anders und lief sicherheitshalber zu seinem Herrchen zurück. Ich fühlte die Einsamkeit tief in meiner Brust, voller Ungestüm, voller Schrecken, voller Freude; ich weiß nicht, ob Sie das nachvollziehen können, alles zur gleichen Zeit. Nichts hielt mich mehr in der Stadt bei den Menschen. Ich hätte davonfliegen mögen wie die Vögel, wenn ich nicht so schwer gewesen wäre. Aber mein Hinterteil, meine Brüste, all dieses Fleisch begleitete mich überallhin. Und nicht allein mein Rückgrat tat mir weh, auch der Busen, ich wollte gar nicht erst mein Kleid hochheben, um zu sehen, wie weit es mit den Flecken war, und meine neue Brust zerrte schmerzhaft unter der Haut, wie in der Pubertät. Ich beugte mich nach vorn, und plötzlich waren alle Schmerzen wie verflogen. Mein Kleid saß stramm an mir, es roch gut nach frischem Schweiß, lebendigem Fleisch, warmer Möse. Ich wälzte mich in meinem Geruch, damit ich Gesellschaft hatte. Die Vögel verstummten. Ich spürte auf meiner Haut, wie es Nacht wurde. Ich rutschte von der Bank und schlief dort, am Boden, bis zum Morgengrauen. In meinen Träumen träumten die Vögel, und da war auch der Traum, den mir der Hund dagelassen hatte. Ich war nicht mehr so allein. Ich träumte nicht mehr von Blut. Ich träumte von Farnkraut und feuchter Erde. Mein Körper hielt mich warm. Ich fühlte mich wohl. Als die Sonne aufging, fühlte ich, wie das Licht über meinen Rücken floß, und in meinem Kopf wurde es leuchtend gelb. Ich kam langsam auf alle viere. Ich schüttelte den Kopf und streckte meine Gelenke. Unter meinem Gesicht ruhten meine Hände auf dem Erdboden. Sie hatten nur noch drei Finger. Ich stützte mein ganzes Gewicht auf die linke Hand, so daß ich die rechte hochbekam. Ich schüttelte die Erde ab, die an ihr klebte, ich schüttelte mich am ganzen Körper. Meine Hand hatte wieder fünf Finger. Ich hatte mich vertan, aber plötzlich bekam ich furchtbare Angst. Ich dachte an das, was ich im Spiegel des Marabuts nicht hatte sehen wollen, an das kleine Schwänzchen, das sich spiralförmig auf meinem Hinterteil ringelte. Ich fing an zu zittern. Meine Hand war wie erstarrt, zusammengekrampft, und ich konnte sie gar nicht mehr richtig öffnen. Ich schüttelte die Linke und sah, daß sich der kleine Finger verkürzt hatte. Der Nagel war lang und hart und sehr dick geworden, genau wie alle anderen Nägel. Ich hatte sie schon lange nicht mehr manikürt, das muß ich zugeben, aber bei dem kleinen Finger hätte man meinen können, ein Fingerglied fehlte oder die Fingerspitze wäre zu einer Art Horn verkümmert. Der Fortbildung zur Chiromantikerin brauchte ich schon mal nicht mehr nachzutrauern. Ich holte tief Luft und richtete mich auf, das entriß mir fast einen Schrei. Die Sonne stieg am Himmel auf. Mein Kleid war von den Sträuchern ganz zerrissen, offenbar hatte ich mich im Schlaf viel herumgewälzt.

Ich hatte eine unbändige Lust, irgendwo zu duschen. Den Schlüssel von Honorés Wohnung hatte ich mit meinen Tüten vor der Kirche verloren. Bei dem kleinen Waschraum der Parfümerie, mit Whirlpool und Duftölen, mußte ich damit rechnen, daß er selbst in der Frühe belegt war, er wurde oft für *Extras* eingesetzt. Dieser Beruf hatte auch seine Nachteile, keine Frage, die Müdigkeit, die Überanstrengung. Ich verspürte ein merkwürdiges Gefühl von Unschlüssigkeit. In den Straßen war überall Schlamm, wegen der heftigen Regengüsse vom Vortag und des *chronischen Niedergangs der städtischen Müllabfuhr*. Ich kam nur mühsam vorwärts, versuchte, den Pfützen auszuweichen, um mein armes Kleid nicht noch mehr zu verschmutzen, und überlegte, was für ein Hotel in Frage käme, nicht zu teuer, vielleicht an der Périphérique-Autobahn. Aber bei dem Schlamm, ich weiß auch nicht, mir drehte sich gewissermaßen der Kopf. Nach ein paar hundert Metern setzte ich mich auf eine Bank in einer ganz kleinen Grünanlage bei einem Parkplatz. Dort stand eine noch recht junge Frau und versuchte, einen Kinderwagen zusammenzuklappen, um ihn im Kofferraum ihres Autos zu verstauen. Das Baby lag in einem Autokindersitz am Boden, mitten in einem Haufen Zeug: Koffer, Einkaufskörbe, ein Gemüsekorb, Spielzeug, diverse Packungen Windeln. Ich ging auf die Frau zu. Sie wirkte abgespannt, ihr Gesicht war aufgeschwemmt, mit roten Flecken unter den Augen. Das Baby gab schrille Schreie von sich. Ich wollte ein Gespräch anfangen, aber ich konnte keine Laute formen. Schon seit Tagen hatte ich nicht mehr gesprochen, seit ich dem Priester nichts zu erzählen gewußt hatte. Ich sperrte den Mund auf, doch ich konnte nur eine Art Grunzen von mir geben. Das Baby starrte mich seltsam an, und sein Gejammer wurde immer heftiger. Als die Frau mich sah, bekam sie eine Heidenangst, könnte man sagen. Sie schlug den Kofferraum zu, wobei sie den Kinderwagen halb einklemmte, und hob den Autokindersitz hoch, sie war kaum noch dahinter zu sehen. Ich beugte mich über das Baby und beschnüffelte es. Es roch gut, nach Milch und Mandeln. Ich weiß auch nicht, es hätte mir jetzt gutgetan, wenn ich mich an den Beinen der Frau hätte reiben können und sie mir ein paar liebe Worte gesagt hätte oder wenn ich diese beiden Menschen hätte begleiten dürfen, wohin auch immer sie gerade wollten. Ich stupste das Baby mit der Nase an, die Frau fing an zu weinen, und das Baby – also, ich kann gar nicht sagen, ob es gelacht oder geweint hat. Ich hatte ein Gefühl, als hätte es jetzt ohne weiteres passieren können, daß ich es aufaß, meine Zähne einfach in dieses schöne rosige Fleisch schlug. Oder daß die Frau es mir gab und ich es mitnahm. Dieses Baby roch so gut, und es sah aus, als könnte man es ganz leicht über den Boden rollen, in einem prallen Purzelbaum. Die Frau fing an zu schreien und raste Hals über Kopf davon, den Kindersitz in den Armen. Ihre Sachen ließ sie alle liegen. Ich steckte die Nase hinein und wühlte darin herum. Da gab es ein Babyfläschchen, fix und fertig, das hatte ich in zwei Sekunden weggesüffelt, lau und süß. Das große Paket mit sauberen Windeln riß ich mit der Schnute in Fetzen, und in einem Korb fand ich köstliche Äpfel, die waren ein echter Genuß. Dann nahm ich mir die Koffer vor, aber es waren nur Kleider drin. Zur Zahnpflege zerkaute ich ein paar Plastikspielzeuge und dann so kleine Töpfchen, wollte mal sehen, wie das schmeckt. Schlecht war es nicht, immerhin ein paar Proteine. Als ich die Glasscherben ableckte, schnitt ich mir ein bißchen in die Zunge, und bestimmt habe ich auch ein paar davon verschluckt, ich merkte, wie sie unter meinen Backenzähnen zermahlen wurden. Dann mußte ich rülpsen und mich erst mal hinsetzen. Als ich dieses Auto und all die zurückgelassenen Dinge vor mir sah, wurde mir blitzartig klar, bestimmt war diese Frau von zu Hause geflüchtet, mit ihrem Baby und ihren Sachen, also gab es da auch noch einen verlassenen Ehemann. Es tat mir so leid, daß ich alles noch schwerer für sie gemacht hatte. Ich ging zum Auto und versuchte, ein bißchen Ordnung zu schaffen, aber es klappte nicht. In heller Verzweiflung trampelte ich schließlich auf allem herum, dann zerrte ich mit den Zähnen an einem Kleidungsstück, das aus einem Koffer hervorschaute, ich dachte, das tut's doch, das kann dein schmutziges Kleid ersetzen. Ich schleifte es zu der Bank und breitete es so sorgfältig aus, wie ich nur konnte. Aber dann sah ich eine Pfütze unter der Bank. Eine wunderbare Pfütze mit schön lauwarmem Schlamm darin, von der Sonne aufgeheizt, voll frisch gefallenem Regenwasser. Ich legte mich in die Pfütze und streckte alle viere von mir, das tat unglaublich gut in den Gelenken. Dann wälzte ich mich mehrmals darin, herrlich, wie frisch sich das auf meiner geröteten Haut anfühlte, meine Muskeln entspannte und Rücken und Hüften massierte. Ich nickte ein wenig ein. Von oben bis unten duftete ich nach Schlamm und Humus, und ich reckte die Nase nicht dem Wind entgegen, ein grober Fehler. So merkte ich nicht, wie die Leute kamen. Zum Glück hielten sie aber inne. Ich nahm ihre Anwesenheit rechtzeitig wahr und drehte mich um. Da standen die Frau, das Baby und ein Gendarm. »Das ist ja monströs!« sagte der Gendarm. Und zog zitternd seine

Waffe. Es war meine Rettung, daß er zitterte. Ich hatte gerade genug Zeit, das Kleid zwischen die Zähne zu nehmen und loszulaufen, zu laufen und zu laufen, über den Boulevard, zwischen den hupenden Autos hindurch. In einem Hauseingang versteckte ich mich. Es ist dann noch irrsinnig schwierig geworden, aus diesem Viertel rauszukommen, sie hatten alle Straßen abgeriegelt und eine Treibjagd mit Hunden organisiert. Zum Glück habe ich ein paar fette Ratten gesehen, die aus einem schlecht verschlossenen Kanaldeckel krochen, den habe ich mit der Nase zur Seite gestoßen und bin unter Tage gegangen. Ich weiß nicht, wie lange ich in der Kanalisation gehaust habe. Da ging es einem gar nicht mal schlecht. Es war warm, und es gab guten Schlamm zum Zudecken. Eines Nachts wagte ich mich wieder nach draußen. Ich wollte aufs Land, ich hatte so ein Gefühl, daß es mir dort bessergehen würde. Ich hatte auch viel Hunger unter der Erde, schließlich bin ich ja doch wählerischer beim Essen als so eine Ratte. In der Straße, wo ich nach oben kam, hingen die Wände voller Wahlplakate. Darunter auch welche von *meinem* Kandidaten, wenn ich das mal so sagen darf, er lächelte auf einem runden kleinen Foto neben mir, und an jenem Abend, im Licht der Straßenlaternen, fand ich mich gar nicht übel, so frisch und rosig. Das war natürlich alles der Schminke und dem Scheinwerferlicht zu verdanken, aber es hob meine Stimmung schon, zu sehen, wie fotogen ich in meinem kleinen Kleidchen war, gesund und mollig. *Für eine gesündere Welt* stand dick und breit zwischen Edgar und mir. Ein äußerst passender Slogan, dachte ich mir; ich meine, ich kam ja gerade aus der Kloake. Aber ich hatte keineswegs jedes moralische Gefühl verloren. Also los, sagte ich mir, jetzt streng dich mal an. Ganz hinten in meinem Kopf stieß ich auf die alte Idee, irgendwohin zu gehen, um zu duschen, und ganz unten in meiner Tasche war noch das Bündel Geldscheine, etwas feucht, aber noch brauchbar. Also holte ich tief Luft. Und dann stieß ich einen Schrei aus wie ein Karatekämpfer, und hah! stand ich aufrecht. Der Schmerz im Rücken schnitt mir schier die Luft ab. Als ich mein Kleid sah, wie es vorn spannte, prall gefüllt von meinen sechs Brüsten, und zwar im Vergleich zu dem Foto, wo es noch frisch und hübsch war, das hat mir doch etwas weh getan. Ich war wirklich in einem seltsamen Zustand. *Eine Dusche*, wiederholte ich immer wieder in meinem Kopf. Ich ging, so schnell ich konnte. An der Périphérique betrat ich ein Hotel, steckte einen Schein in einen Automaten und erhielt eine Art Magnetkarte, die mir Zimmer- und Badezimmertür öffnete. Das Hotel wirkte verlassen, was daran lag, daß alles mit diesen Magnetkarten geregelt wurde. Im Zimmer zog ich mich aus, die Dusche war gleich nebenan. Ich nahm einen blütenweißen Bademantel aus der Plastikhülle, wo *With Compliments* draufstand, und ging duschen. Meine Güte, habe ich feste gerubbelt. Zuerst war es ganz komisch, dieses Wasser, aber dann trank ich nach Herzenslust und fand, daß es dem Regenwasser ziemlich ähnlich war. Ich schüttelte mich und wälzte mich etwas auf den Fliesen, aber die waren kalt und hart. Bei der Seife *With Compliments* fiel mir die Parfümerie ein, aber auch die leckersten Wurzeln, die Seife roch gut nach Zaubernuß. Da mußte ich gleich ein Stück abbeißen, aber plötzlich schmeckte es ganz widerlich. Ich fragte mich, was mir eigentlich lieber war, die Wurzeln oder die Parfümerie. Auf alle Fälle war es mir in der Kanalisation doch zu schmutzig, vor allem mangelte es da an Licht. Außerdem hieß es immer Vorsicht vor den Krokodilen. Unter der Dusche habe ich dann ein bißchen geweint, mal so richtig losgelassen, könnte man sagen. Aber mir fiel partout nicht ein, was ich hinterher tun sollte. Das Hotel war wie eine Art Schleuse zwischen der Stadt und der Autobahn. Alles lief automatisch. Durch mein Fenster sah ich Leute rein- und rausgehen. Ich vermied sorgfältig, ihnen zu begegnen, sie wirkten alle so, als wüßten sie, wo sie hinwollten und was sie später vorhatten. Ich machte gar nichts, ich sah fern, ich duschte. Durchs Fenster erkannte ich die Rauchschwaden von Issy-les-Moulineaux, ein paar Vögel am Himmel, riesige Parkplätze, Supermärkte. Ich verbrachte mehrere Tage in diesem Hotel, zwischen einer Dusche und der nächsten auf meinem Bett ausgestreckt. Einmal am Tag ging ich nach unten und steckte einen Schein in den Automaten. Es machte mir wieder Spaß, mich im Spiegel des Zimmers zu betrachten. Ich war blitzsauber. Ich ruhte mich aus. Ich lag auf dem Bett, und der Rücken tat mir nicht mehr weh. Mein Gesicht war weniger aufgedunsen. Ich bemühte mich, wieder ein menschliches Aussehen zu bekommen, ich schlief viel, ich kämmte mich. Meine Haare waren mir in der Kanalisation fast alle ausgefallen, aber jetzt wuchsen sie wieder nach. Ich biß mir die Nägel kurz, rasierte mir die Beine und sah, wie meine Brüste kleiner wurden, immer weniger sichtbar, bis nur noch die dunklen Flecken der Brustwarzen übrig waren. Ich hatte sogar mein Kleid gewaschen, für den Tag, wenn ich wieder nach draußen gehen würde. Allmählich schloß ich auch Bekanntschaft mit dem Putzmann. Ich hatte stark abgenommen, allein schon durch das lange Herumliegen ohne jede Bewegung. Per Zeichensprache verabredete ich mit dem Putzmann, daß er mir jeden Tag einen Hamburger nach oben brachte. Der Klops bestand ja zu 80% aus Soja und ging glatt runter, dazu Salat und Ketchup, da fing ich wieder an, wohlverteilt zuzunehmen. Irgendwann kam der Tag, da hatte ich keine Scheine mehr für den Automaten übrig. Deshalb arrangierte ich was mit dem Putzmann: Er brach das Magnetschloß meiner Zimmertür auf, und dafür durfte er mich zweimal am Tag besuchen. Er zeigte mir sogar, wie ich gratis duschen konnte, indem ich nämlich die Tür mit meiner abgelaufenen Karte blockierte. Aber ich wäre fast ertrunken, er hatte mich nicht gewarnt, daß sich die Dusche automatisch nach jeder Benutzung desinfiziert. Im Nu hatte ich mir eine prachtvolle Allergie gegen alle Mittel eingehandelt. Dafür hat er mich aber ganz lieb gepflegt. Da er arabisch sprach, war die Verständigung überhaupt kein Problem, wir redeten nicht, sondern gaben uns Zeichen, wir mochten uns gern. Ich weiß auch nicht, wie es kam, aber nach einiger Zeit paßte ich wieder in meine alten Sachen hinein, ich meine jetzt das Kleid, das ich aus dem Auto der Frau gestohlen hatte. Es stand mir recht gut, es betonte sogar meine Taille. Vielleicht lag es an der Dusche oder an dem täglichen Hamburger oder daran, daß ich in einem richtigen Bett schlief oder den Putzmann regelmäßig traf. Am Ende hat er sich dann richtig in mich verliebt, aber ich war auch wieder ganz knackig, muß ich dazusagen, von mir aus hätte ich den Rest meines Lebens mit ihm in diesem Hotel verbringen können. Ich stellte Blumen in mein Zimmer, die ich abends am Seitenstreifen der Périphérique pflückte, und ich aß sie nicht auf und gar nichts. Der Putzmann putzte jeden Tag, alles war ganz sauber bei mir daheim. Einmal schenkte er mir ein Automatenfoto von sich, ich habe es an die Wand gehängt, so wurde es noch richtig gemütlich. Und dann war ich auf einmal schwanger, diesmal war kein Zweifel möglich. Irgendwann hatte ich den Namen des Putzmanns endlich verstanden, aber ich konnte ihn nicht wiederholen, deshalb weiß ich ihn heute auch leider nicht mehr. Der Putzmann las mir jeden Wunsch von den Augen ab, seit er gemerkt hatte, in welchem Zustand ich war. *Edgar* Sowieso gewann die Wahlen. Das habe ich im Fernsehen gesehen, er posierte vor meinem Plakat und schaute ganz angetan in die Kamera. Ich freute mich für ihn. Nun konnte ich mein Gesicht im Fernsehen und das im Spiegel miteinander vergleichen: Ich war wieder ganz vorzeigbar geworden. Ich dachte, es wäre doch eine gute Idee, Edgar aufzusuchen und ihn um Arbeit zu fragen, schließlich war ich doch die Galionsfigur seiner Kampagne, die *charismatische Anführerin* oder so, bestimmt würde mir Edgars Partei was besorgen. Mit Edgar hatte ich auf das richtige Pferd gesetzt und mir prima Beziehungen an Land gezogen. Also beschloß ich, eine zusätzliche Anstrengung in Sachen Vorzeigbarkeit zu unternehmen. Ich gab mir eine Woche, um noch ein paar Kilo abzunehmen, mich völlig aufzurichten, mich vielleicht ein bißchen zu schminken und anständig zu artikulieren. Von nun an verschmähte ich die Hamburger des Putzmanns, und er sah es gar nicht gern, daß ich mich nur noch von Salat ernährte. Ich verlor langsam meine roten Backen. Die ersten Schwangerschaftswochen waren anstrengend und gruben Falten in meine Wangen. Und dann kam die Polizei ins Hotel und holte den Putzmann ab. Ich habe ihn nie wiedergesehen, außer einmal im Fernsehen, da mußte er mit anderen Leuten, lauter Maschinengewehre auf sich gerichtet, in ein Flugzeug einsteigen und weinte. Er tat mir leid, aber das gehörte nun mal zu den ersten Maßnahmen von Edgars Programm. Da sie im Hotel keinen anderen finden konnten, der die Toiletten und die Betten und all das sauberhalten wollte, verdreckte das Haus immer mehr. Nur die Duschen mit automatischer Desinfektion funktionierten noch, aber oft gingen sie kaputt und überschwemmten ein paar Gäste. Schließlich wurde das Hotel geschlossen, und ich saß wieder auf der Straße. Ich sagte mir, also wenn Edgar alle Araber rauswirft, dann gibt er dir bestimmt mit Leichtigkeit eine Arbeit, dieser Edgar ist der Richtige. Aber dann, ich weiß auch nicht, was passiert ist, vielleicht war es die Aufregung, wieder draußen zu sein, oder weil der Putzmann fort war, jedenfalls wurde ich mitten auf der Straße plötzlich von den schlimmsten Krämpfen geschüttelt. Ich krümmte mich und sah, daß ich viel Blut verlor. Dann wurde ich ohnmächtig. Die Hygiene-Ambulanz kam, und es waren die Sanitäter, die mich weckten. Ich fühlte mich ganz komisch. Der Gendarm, der dabei war, meinte: »Da sollte man lieber den Tierschutz rufen!« Neben mir auf der Erde lagen sechs kleine blutige Dinger, die sich bewegten. Als ich sah, was für eine Form sie hatten, war mir klar, die würden es nicht lange machen. Der Gendarm wollte näher kommen, aber ich zeigte ihm die Zähne. Die von der Hygiene-Ambulanz trauten sich nicht, mich anzupacken. Mit viel Mühe kam ich auf die Beine, der Bauch tat mir furchtbar weh. Ich nahm die sechs kleinen Dinger in den Mund, riß einen Kanaldeckel auf und ging unter die Erde. Dann leckte ich die Kleinen so sorgfältig wie möglich ab. Als sie kalt wurden, hatte ich ein Gefühl, als könnte es nicht weitergehen. Ich rollte mich zu einer Kugel zusammen und dachte an gar nichts mehr.

Ich habe mich erst bei der Invasion der Piranhas wieder aufgerappelt. Alle anderen machten sich aus dem Staub. Da mußte ich dann wohl auch weg. Heutzutage gibt es immer mehr Leute, die sich irgendwelche unglaublichen Tiere anschaffen, und wenn sie genug von ihnen haben, schwupp! in den Abfluß damit. Als ich die Piranhas sah und die ersten Bisse spürte, überrollte mich eine Welle des Schreckens, ich hatte mich überhaupt nicht mehr unter Kontrolle und wollte nur noch nach draußen fliehen. Ich wußte gar nicht, daß ich noch so am Leben hing. Die Sache hat mich wachgerüttelt, könnte man sagen. Meine *Neuronen* meldeten sich zurück. Und draußen an der frischen Luft konnte ich mich auch etwas beruhigen und langsam meine Lebensgeister wiederfinden. Ich schaffte es, mich aufzurichten. Ich mußte dringend neue Kleidung finden, wenn ich wieder in dieser Stadt herumlaufen wollte, und ich ließ mich mit einer Gruppe von Clochards ein. Am Anfang war das ein bißchen hart. Ich hatte ja einen guten, ehrlichen, kräftigen Geruch an mir, und dieser ländliche Duft machte sie ganz besoffen; aber der Geruch eines ungewaschenen Städters, also ehrlich gesagt, da habe ich meine Schwierigkeiten. Und außerdem war es lange her, daß sie mit einer Frau Umgang hatten, schon gar mit einem solchen Wonneproppen wie mir. Was sie sich verständlicherweise nicht entgehen ließen. Aber ich bekam von ihnen immerhin eine Art Gabardinemantel und etwas zu essen. Abends gab es an den Bahngleisen, wo sie schliefen, nur eins, sich bloß nicht von der Hygiene-Ambulanz erwischen zu lassen, meine Kumpels, die Clochards, wollten auf gar keinen Fall abgeholt werden. Mit mir hatten sie eigentlich alles, was sie brauchten, außerdem kümmerte ich mich noch um ihren Fraß, und geschwätzig war ich auch nicht, ich machte sie gewissermaßen glücklich. Bei ihnen fand ich so etwas wie Würde wieder. Diejenigen, die gewählt hatten, waren für Edgar gewesen, und nun warteten sie darauf, daß er sie besuchte. Ich war die Sensation des Tages, als ich es schaffte, ihnen artikuliert mitzuteilen, daß ich Edgar kannte. Ich weiß nicht, was sie mehr verblüfft hat, daß ich plötzlich redete oder daß ich Edgar kannte. Ich wollte ihnen einen Beweis liefern, wir fanden ein altes Plakat, das ganz ramponiert an einer Bahnhofswand hing, aber soviel sie auch verglichen, sie erkannten mich nicht wieder. Ich schon, und es hat mich ganz traurig gemacht, daß sie mich nicht erkannten. Abends bekam ich dann eine Tracht Prügel, weil ich gelogen hätte. Wenn ich schon mal was sage. Jedenfalls hatte ich von meinen Kumpels, den Clochards, ziemlich die Nase voll. Ich sagte mir, denen zeigst du es jetzt aber, du suchst Edgar, und dann kommst du zurück, gut gekleidet, gut frisiert und mit einem ganz neuen Job. Eines Abends ließ ich sie dann im Stich und kletterte in den Transporter von der Hygiene-Ambulanz. Da wurde mir gesagt, die einzigen öffentlichen Arbeitsplätze, zu denen Frauen noch zugelassen würden, seien Privatassistentin oder *Travel-Begleiterin.* Alle Parfümerien sollten bald geschlossen werden, aus Achtung vor den guten Sitten, und ich machte mir schon Sorgen um den Generaldirektor. Aber sie meinten, wenn ich die richtigen Leute kennen würde, fände ich bestimmt in den guten Vierteln eine Stelle als

Amme oder als Palastmasseuse, bloß, dafür müsse man dann doch sehr gut aussehen. Es hat mich ein bißchen gekränkt, daß sie meinten, das müßten sie extra betonen. Und sie erzählten mir, sie, die Hygiene-Ambulanzen, würden bald auch verschwinden, ich täte gut daran, ihre Dienste jetzt zu nutzen, sie würden mir eine warme Mahlzeit und anständige Kleidung geben. Der Fahrer bot mir an, falls ich schwanger werden müßte, um als Amme zu arbeiten, könnte ich mich an ihn halten. Da wurde mir klar, daß noch nicht alles verloren war, daß ich auf meine Art durchaus noch Anklang finden konnte. Aber mit der Schwangerschaft, das klappte nicht. Offenbar war es gerade kein guter Zeitpunkt, was meine Brunst betraf, der Mechanismus war mir immer noch nicht ganz klar. Ich blieb mehrere Tage bei der Hygiene-Ambulanz. Die Gendarmen kamen und besorgten mir ordnungsgemäße Papiere, als Gegenleistung für einige sanitäre Informationen über meine Kumpels, die Clochards. Als ich wieder an die Bahngleise kam, um mich gut gekleidet und sauber bei ihnen zu zeigen, fand ich weit und breit keine Clochards mehr, nur noch Asche und verkohlte Kleiderfetzen am Bahndamm. Ich suchte überall nach den Clochards, aber bestimmt waren sie über alle Berge, an der Bahnlinie entlang, davon hatten sie oft gesprochen. Mich brachten die Gleise ins Träumen. Ich setzte mich an den Bahndamm und versuchte, über meine Zukunft nachzudenken. Ich sagte mir, falls du es über Edgar nicht schaffst, machst du dich eben einfach auf den Weg, immer an den Gleisen entlang, irgendwann muß ja das offene Land anfangen und die Bäume. Abends liefen bei der Hygiene-Ambulanz immer mehr Leute zusammen, die furchtbar laut schrien, jemand bat mich, Waffen unter meiner Matratze zu verstecken, bei mir würde keiner drauf kommen. Ich fand, das roch höchst verdächtig. Dann kam die Polizei und machte die Hygiene-Ambulanz endgültig dicht. Die Waffen fanden sie nicht, aber sie erschossen Leute vor der Tür, und mich nahmen sie wegen Erregung öffentlichen Ärgernisses mit. Dabei hatte ich doch meine Papiere in Ordnung. Es machte mir schon etwas aus, die Leute sterben zu sehen, ich gab Schreie von mir, die aus den Tiefen meines Bauchs hochstiegen, genau wie damals, als meine Kinder gestorben waren. Die Gendarmen wollten mir ein paar runterhauen, und dann sah ich, wie ihre Augen kugelrund wurden. Ich schaute mich im Rückspiegel an und begriff, daß sie Angst vor mir hatten, ich kriegte schon wieder dieses komische rosige Aussehen mit dem großen Rüssel im Gesicht und großen Ohren. Die Gendarmen wollten mich nicht mehr anfassen, und bald darauf saß ich in einem Krankenwagen. Im Heim sind mir dann alle Haare ausgefallen, aber ich konnte mit meinen Ohren spielen wie früher mit meinen Haaren, ganz kokett. Keiner wollte sich mit mir beschäftigen. Ich konnte gar nicht mehr aufrecht gehen, und ich schlief in meinem Kot, das hielt mich warm, und ich mochte den Geruch. Ich freundete mich mit einer Menge Leute an. Da drinnen wurde nicht gesprochen, alle schrien, sangen, sabberten, fraßen auf allen vieren und lauter so Zeug. Wir hatten viel Spaß. Es gab auch keinen einzigen *Psychiater* mehr, die waren eines Tages alle von der Polizei abgeholt worden, die Leichen von einigen faulten noch im Hof vor sich hin, es waren Schüsse gefallen. Eine Heidenbambule haben wir da veranstaltet, ich kann Ihnen sagen, und kein Mensch da, um uns zu nerven. Ich hatte von Zeit zu Zeit so einen Blitz und sagte mir, du mußt unbedingt mal Edgar besuchen. Das Problem war nur, die Gitter waren mit Ketten verschlossen, und wir hatten nichts mehr zu essen. Es gab welche unter uns, die kriegten langsam ernstlich Hunger. Bei mir ging es noch, mit meinen Reserven, aber einige der anderen beäugten mich mit demselben Blick wie die Piranhas in der Kloake. Da kriegte ich es mit der Angst. Also gab ich ihnen ein Beispiel. Ich ging in den Hof und beschnüffelte die Leichen, was mir im übrigen vollkommen normal vorkam. Die waren ganz zart, mit dicken weißen Würmern, aus denen beim Zerplatzen ein süßer Saft spritzte. Alle machten mit, na ja, fast alle. Ich steckte jeden Morgen meine Schnauze in die Bäuche, das war das allerbeste. Da drin wühlte und wimmelte es beim Zubeißen, und dann ließ ich mich in der Sonne braten. So sah mein Frühstück aus. Morgens tat jeder gut daran, mir nicht auf die Nerven zu fallen. Es gab nur wenige magere Spielverderber unter uns, die ihre Arme gen Himmel erhoben und auf die Knie fielen und sagten, wir würden der Verdammnis anheimfallen, da habe ich meinen Erleuchteten vom Tag der Abtreibung wiedererkannt. Aber er mich nicht. Langsam wurde es mir ein bißchen viel, all die Leute, die mich nicht wiedererkennen wollten. Ich beschloß, mich in dem letzten Waschraum, wo es noch tröpfelte, ab und zu mal zu säubern. Zwar mußte man rempeln und beißen, um überhaupt dranzukommen, aber als ich allen ordentlich Angst eingejagt hatte, ließen sie mich einigermaßen in Frieden. So kam es, daß ich hinter den zerbrochenen Kacheln des Waschraums Bücher fand, und dann fand ich plötzlich überall welche, sogar in meiner Matratze, die reinste Epidemie. Zu Anfang versuchte ich, die Bücher zu essen, aber dafür ist das Zeug wirklich zu trocken. Da muß man ja stundenlang drauf rumkauen. Doch als ich die Blätter einzeln herausriß, um zu schauen, was sich damit anfangen ließ, stieß ich plötzlich auf Edgars Namen. Den konnte ich leicht erkennen, schließlich hatte ich ihn auf allen meinen Plakaten gesehen. Dieser Name machte mich ganz neugierig, wer weiß, vielleicht war ja auch von mir die Rede in dem Buch? Erst fiel es mir schwer, aber dann kam alles bald zurück, die anderen Buchstaben fügten sich rasch zueinander. Also Edgar, das will ich Ihnen nur mal sagen, der hat da ganz schön eins auf den Deckel gekriegt. Ich las dann alle Bücher, die ich finden konnte, davon ging die Zeit vorbei und der Hunger weg, mit den Kadavern waren wir nämlich schnell fertig geworden. Den ganzen Tag saß ich auf meinem Hinterteil, inzwischen unterm Dach, und für abends hatte ich eine nicht allzu dreckige Matratze aufgetrieben und schlief unter dem Hängeboden. Ich ruhte mich aus, meine Haare wuchsen nach. Manchmal stand ich morgens zu schnell auf und stieß mir den Kopf an der Decke, ich hatte nämlich wieder diesen Reflex, mich auf die Hinterbeine zu stellen. Und eines Abends, als ich gerade las, versuchten sie, mich zu schnappen. Es gab überhaupt nichts mehr zu essen in dem Heim, da wirkte ich natürlich im Vergleich ziemlich appetitanregend, ganz klar. Einen Moment lang zögerten sie, als sie mich da auf dem Dachboden mit meinem Buch sitzen sahen. Sie hatten mich schon lange nicht mehr gesehen, und ich muß dazusagen, auch ich hatte etwas abgenommen. Der Erleuchtete führte sie an. Als er mich im Halbdunkel wahrnahm, wurde er leichenblaß. »Vade retro! Vade retro!« sagte der doch glatt. Vielleicht hatte er mich endlich wiedererkannt. Ich begriff, daß ich offenbar nicht mehr eßbar genug aussah, um gleich an Ort und Stelle von ihnen verspeist zu werden, und daß ich am besten die Gelegenheit nutzte, um das Weite zu suchen, bevor das Ganze ins organisierte Schlachten ausartete. Ich stürzte in den Hof, und da entdeckte ich, daß ich wieder schneller aufrecht als auf allen vieren laufen konnte und daß meine Brüste nicht mehr so herumbaumelten. Ich hatte ein Buch zwischen den Zähnen, aber dann konnte ich es in die Hand nehmen, um leichter Luft zu holen, und ich versteckte mich in der ehemaligen Kantine der Psychiater. Dort fand ich einen alten weißen Kittel zum Anziehen. Dabei wurden lauter Erinnerungen wach, vor Wehmut hätte ich heulen mögen. In der Kitteltasche steckten zwanzig Euros und ein Schlüsselbund. So konnte ich nach Einbruch der Nacht *inkognito* das Gitter öffnen. Der Erleuchtete war ohnmächtig zusammengebrochen, sein Körper hing leblos an den Stäben. Er tat mir leid. Ich zerrte ihn nach draußen und ließ ihn gut sichtbar auf dem Vorplatz einer Kirche liegen, ich dachte mir, mit ein bißchen Glück werden sie ihn schon wiedererkennen. Aus dem ist später noch richtig was geworden, Sie werden staunen, aber er hat es mir nie gedankt. Dabei habe ich ihm das Leben gerettet. Am nächsten Morgen fand ich in einem Abfallkorb eine Zeitung, die Edgars Entscheidung begrüßte, das Heim mit einer kräftigen Dosis *Napalm* auszuräuchern. Es roch auch immer noch komisch in der Luft, überall im Viertel schwebte so eine Asche herum, wie ganz ungesunde Schneeflocken. Beim Kaufmann, wo ich mir ein Stück Brot holte, sagte mir die Verkäuferin, sie wäre richtig froh darüber, dieser *Infektionsherd* hätte schon dem Geschäft geschadet. Am Ende der Straße war eine Razzia, aber zum Glück hatte ich meine Papiere aufgehoben, und außerdem sah ich in meinem weißen Kittel seriös aus. Ich sagte, ich sei Krankenschwester. Da ließen sie mich durch. Ich konnte nämlich wieder artikulieren, bestimmt weil ich so viele Wörter in den Büchern gelesen hatte, das war für mich das reinste Training, könnte man sagen. Ich setzte mich in ein Café und las das Buch zu Ende, das ich unter meinem Kittel versteckt hatte. Es war von einem *Knut Hamsun* oder so. Da war von ausgestorbenen Tieren die Rede, von Walen und Heringen, und dann ging es um große Wälder und um Leute, die sich liebten, und um die Bösen, die ihnen das letzte Geld wegnahmen. Ich fand das gut als Buch, aber ein Absatz stand drin, der mir ganz merkwürdig vorkam, er ging so, das weiß ich heute noch auswendig: »Dann stößt das Messer zu; der Knecht drückt zweimal an, um es durch die Schwarte zu bringen, dann ist es, als schmelze das lange Messer durch die fette Gurgel bis an den Schaft hinein. Erst spürt der Eber gar nichts, er liegt einige Sekunden da und denkt ein wenig. Dann aber begreift er, daß er getötet ist, und jetzt quiekt er seine erstickten Schreie hinaus, bis er nicht mehr vermag.« Ich fragte mich, was wohl ein *Eber* ist, mir brach so ein seltsamer Schweiß auf dem Rücken aus. Ich lachte lieber darüber, denn sonst hätte ich kotzen müssen. In dem Café wurden mir schon scheele Blicke zugeworfen, weil ich so merkwürdig lachte, und nach meinem Buch wurde geäugt. Da wurde mir klar, daß ich es besser loswerden sollte. Dieser Absatz kam mir im übrigen auch ein Spürchen *subversiv* vor, wie es in der Zeitung hieß, die ich gelesen hatte. Und plötzlich hatte ich eine Idee. Ich sagte mir, bring doch einfach das Buch zu Edgar, da leistest du deinen Beitrag zu seiner großen Gesundheitskampagne, und du wirst sehen, er gibt dir Arbeit. Die Zensurbehörde hatte ich schnell gefunden, sie lag gleich neben dem Palast. Die schauten ziemlich dumm drein bei meinem Buch. Keiner kannte *Knut Hamsun*, und ich konnte ihnen da kaum weiterhelfen. Also riefen sie einen Vorgesetzten. Ich wollte ja, daß sie Edgar rufen, aber sie sagten, es sei absolut unmöglich, ihn wegen solcher Kleinigkeiten zu stören. Das hat mich gekränkt. Der Vorgesetzte schaute noch dümmer drein als die anderen. Er sagte, *Knut Hamsun*, also, offen gesagt, das sei kein ganz eindeutiger Fall, aber man könne auch nicht behaupten, daß er ein Gegner des Freisozialen Franko-Progressismus wäre. Und noch einige andere Sachen, die mir nicht ganz klar waren. Er meinte, das *intellokratisch-kapitalistische, multi-ethnische Unrechtsregime* habe ihm den *Nobelpreis* verliehen oder so was, also dem Knut Dingsda, und das sei schon ein unleugbarer Beweis seiner Subversivität. So entschied also der Vorgesetzte, ganz offen, und so konnte dann das Buch auch in den Verbrennungsofen geschickt werden. Ich fand ihn schwer effektiv, den Vorgesetzten. Das sagte ich ihm auch, und er darauf, was ich denn abends vorhätte. Da wurde mir klar, daß ich gerade wieder in einer guten Phase war. Den ganzen Nachmittag brachte ich in einem Hotelzimmer zu, um mich möglichst schön zu machen, aber es ging schon wieder bergab. Ich sagte mir, über den Vorgesetzten kommst du bestimmt an Edgar ran. Der Vorgesetzte wirkte ein bißchen enttäuscht, als er mich abends beim Rendezvous wiedersah. Er lud mich ins Restaurant ein, aber wir brachten das Essen schnell hinter uns. Er sah mich die ganze Zeit so komisch an. Als wir dann bei ihm zu Hause waren, hatte er eine kleine Panne, könnte man sagen, und darüber war er so beleidigt, daß er mich rauswarf. Mir tat das Kreuz wieder furchtbar weh. Mit Edgar war es erst mal Essig. Ich ging zurück zu den Trümmern des Heims, wo ich ein anderes Buch fand, das zwar halb verkohlt war, aber bestimmt immer noch eine Gefahr darstellen konnte, wenn es in die falschen Hände fiel. An den Titel kann ich mich nicht mehr erinnern. Bei der Zensurbehörde sah es urplötzlich so aus, als hätten sie, obwohl ich erst einmal dort gewesen war, die Nase voll von mir, einer hat sie sich sogar zugehalten. Das Buch würdigten sie keines Blickes, und dann wollten sie mich wegschicken. Aber da kam ich mit meiner Finte. Ich sagte, ich bin Edgars Muse, auf den Wahlplakaten, das bin ich. Alle fingen an zu lachen. Der Vorgesetzte kam angesegelt, um den Grund für diesen Aufruhr zu erfahren. Die Beamten erläuterten ihm das Ganze unter Lachanfällen. Da hellte sich die Miene des Vorgesetzten auf, er schaute mir in die Augen und sagte, aber ja, er erkenne mich genau, obwohl ich mich die ganze Zeit wohl nicht gepflegt hätte. Und ich hatte, wegen seiner Mütze und seiner Uniform, den Herrn nicht wiedererkannt, der mich damals im Aqualand den Hunden entrissen hatte, meinen Entdecker, wenn man so will. Mit einem Schlag steckten die Beamten alle ihre Nasen in die Akten. Der Vorgesetzte nahm mich mit in den Palast. Edgar schien ganz hingerissen, mich zu sehen, er schüttelte mir die Hand und schickte die beiden Masseusen weg. Dann ließ er mir ein Zimmer mitten im Palast geben. Als nächstes sollten mich einige Journalisten besuchen, und man gab mir einen Text, den ich auswendig lernen mußte. Darin erklärte ich, wieviel Gutes mir Edgar getan hätte und wie er meine Karriere als Schauspielerin befördert hätte. Sogar das

Fernsehen war da und so. In der Nacht, bevor ich am nächsten Morgen mit den Proben für einen Werbespot anfangen sollte, als Ersatz für eine Schauspielerin, die *Hochverrat* begangen hatte, da fingen wieder die furchtbaren Krämpfe im Kreuz an. Ich sagte mir, das trifft sich ja ganz schlecht, gerade wo du wieder eine Arbeit hast, geht es genauso los wie vorher. Am Morgen lagen meine sämtlichen Haare verstreut auf dem Kopfkissen. Ich dachte mir, da haben wir's, Krebs, jetzt hat dich ein *anarchisches Wachstum der Zellen* befallen, weil du nicht genug *in den Schwingungen deines Körpers* gelebt hast. Ich wollte klammheimlich flüchten, mußte aber feststellen, daß meine Tür abgeschlossen war. Edgars Gorillas, die mich ins Fernsehstudio bringen sollten, schauten ziemlich dumm drein, als sie mich in diesem Zustand vorfanden, selbst denen war sofort klar, als Muse war ich indiskutabel.

»Für eine gesündere Welt«, grummelte Edgar, als er mich sah. Dann ließ er einen Arzt kommen, der mich fragte, ob ich zufällig in der Nähe des *Goliath* spazierengegangen sei, ich wußte nicht mal, was das war. Es war das neue Atomkraftwerk, das Edgar hatte bauen lassen. Ich sagte nur, ich hätte in einer Parfümerie gearbeitet, und Edgar fragte, ob vielleicht die chemischen Produkte ... Das schien ihn zu interessieren. Der Arzt meinte, schon möglich, aber höchstens in hoher Dosis, nichts ist sicher, und auf alle Fälle kann das keiner bezahlen. Edgar sagte, es wäre doch wirklich witzig, wenn man die Gefängnisse in Schweineställe umwandeln könnte, auf diese Weise würde man wenigstens billig an Proteine kommen. Und die beiden fingen an zu lachen. Ich habe ja nie was von Politik verstanden. Ich weiß nur, daß ich froh war, in den Händen eines Arztes zu sein, der einen kompetenten Eindruck machte, bei den heutigen Preisen. Edgar drückte auf die Klingel einer Sprechanlage, und jetzt raten Sie mal, wer da hereinspaziert kam, der Generaldirektor der Parfümerie. Er trug eine hübsche schwarze Mütze und war noch dicker geworden als früher. Leider hat er mich gar nicht wiedererkannt. Da muß es ein schlimmes Mißverständnis gegeben haben, er hat mich nämlich in ein eiskaltes Gefängnis bringen lassen, wo ich die ganze Nacht über Schreie hörte, daß ich kein Auge zutun konnte. Es roch übel da drinnen. Ich konnte schon wieder nicht aufstehen und fing an, diese Schreie aus dem Bauch von mir zu geben, ich konnte nichts dagegen tun. Aber das schlimmste war, daß ich den ganzen Tag lang die Sonne nicht zu sehen bekam. Nach einer furchtbar langen Zeit, ich weiß nicht, wie lange, wurde ich abgeholt. Von Edgar in Person, mit seinen ganzen Gorillas. Sie wirkten ein bißchen betrunken oder so, was weiß ich. Es waren auch diese Fleischerhunde aus dem Aqualand dabei, und sie freuten sich, mich zu sehen, das hob meine Stimmung denn doch ein bißchen. Die Gorillas legten mir ein Halfter an und schleppten mich in die oberen Etagen des Palastes. Und Edgar sang ziemlich gepfefferte schweinische Lieder, ein

Pfundskerl, dieser Edgar. Ich konnte überhaupt nicht mehr laufen, das lag bestimmt am Hunger. Wir kamen in einen großen, hellerleuchteten Saal, wo die Leute tanzten. An der Decke hingen Kronleuchter, dazu so Wandbehänge, wie sie heutzutage modern sind, ich hatte nur Augen für die Buffets und die großen, dampfenden Suppenterrinen. Die Leute quiekten in den höchsten Tönen, als sie mich sahen, alle hörten auf zu tanzen und umringten mich. Es roch gut nach Yerling, die Gäste waren sehr elegant und sehr gut angezogen. Da waren auch Damen in Wolfado, die meinten, Edgar hätte aber auch immer göttliche Ideen für seine Partys, worauf sie sich unter großem Geseufze hintüber sinken ließen. Ein Herr setzte ein kleines Mädchen rittlings auf mich, und dann durfte ich mir, schwach wie ich war, den ganzen Saal genehmigen, hin und her und kreuz und quer, immer mit der Kleinen auf dem Rücken, die sich schier totlachte. Alle klatschten, zum erstenmal war ich die Partykönigin, dabei hätte ich lieber ein Häppchen gegessen. Zum Glück war das Mädchen dermaßen besoffen, daß sie bald aufs Parkett kotzte, vollgefressen wie sie war, und so kriegte ich endlich auch was zu essen; na, Sie verstehen schon. Also, da brach die Hölle los, man konnte die Kapelle nicht mehr hören, so laut lachten die Leute, und sie fingen an, mir Stückchen von ihrem gebratenen Hirsch zuzuwerfen, Giraffenscheiben, ganze Töpfchen Kaviar, Törtchen mit Ahornsirup, afrikanische Früchte und vor allem Trüffel, die sind ja so lecker. Was für ein Fest! Ich mußte mich auf die Hinterbeine stellen, den Hals recken und sonst noch einige Anstrengungen unternehmen, um für meine Ernährung zu sorgen, aber das waren die Spielregeln. Ein Heidenspaß. Von dem Champagner, den ich bekam, drehte sich mir der Kopf ein bißchen, ich wurde sentimental und weinte los, so dankbar war ich all den Leuten, die mir zu essen gaben. Eine Dame mit einem wunderschönen Lazuré-Kleid von Gilda umarmte mich und küßte mich auf beide Wangen, sie schluchzte und faselte irgendwas, das hätte ich gern verstanden. Wir wälzten uns alle beide am Boden, ganz offenkundig hing sie sehr an mir. Ich weinte nur noch heftiger, dermaßen erschütterte mich die ganze Situation, seit langem hatte mir niemand mehr so seine Zuneigung gezeigt. Da stammelte die Dame: »Aber sie weint ja! Sie weint!« Die Gäste bildeten einen Kreis um mich, die Kapelle spielte den Ententanz oder irgend so einen Oldie von der Sorte. Also, diese superschicken Leute können wirklich feiern, das muß man ihnen lassen. Inzwischen lagen überall Kaviar und russische Eier zertreten am Boden, die Menschen rutschten beim Schwofen aus. Edgar hatte ein Mädchen ausziehen lassen und wollte unbedingt, daß ich an ihrem Hintern schnüffelte, unser Edgar war schon immer ein Spaßvogel. Und dann brach die Kapelle plötzlich ab, und ein Gorilla tippte Edgar an. Der straffte sich, so gut es ging, mit einemmal fand er eine Menge Würde wieder, und verkündete: »Meine lieben Freunde, es ist Mitternacht.« Da haben alle Leute geschrien und gebrüllt, und ich fragte mich, ob jetzt der

Weltuntergang kommen sollte oder was; aber sie fielen einander in die Arme und küßten sich ab, selbst ich hatte plötzlich Lippenstift überall, von Yerling und Gilda und von Wolfado auch, da konnte man schon merken, daß man nicht irgendwo gelandet war. Zwölf ungeheure Glockenschläge erklangen von der Kathedrale, die Edgar an der Stelle des Arc de Triomphe hatte erbauen lassen. Und als nächstes ging es wieder mit den Champagnerkorken los, die überall knallten. Ich kriegte gar keinen Champagner mehr rein, mir wurde langsam schlecht, nach dieser langen Zeit der Entbehrungen im Gefängnis. Ich rutschte über das gewachste Parkett, das ganz vollgemoddert war, ich knallte auf die Schnauze und schürfte mir die Zitzen auf; die Leute lachten, aber ich war nicht mehr der Mittelpunkt der Party, man merkte, daß sie langsam müde wurden. Da brachte Edgar den zweiten Clou des Abends. Ich sagte mir, endlich kriegst mal nicht du alles ab; ich war ganz froh, im Augenblick so unsexy zu sein, ich wäre zu nichts zu gebrauchen gewesen vor lauter Müdigkeit. Das bildhübsche junge Mädchen, das Edgar mitgebracht hatte, kreischte und wehrte sich. Lange hat sie's nicht ausgehalten, na ja, junges Gemüse. Als alle ihr Späßchen gehabt hatten, krabbelte die Kleine nur noch verwirrt auf allen vieren durch den Saal, mit völlig verdrehten Augen, bestimmt vor Erschöpfung, sie war halt nichts gewohnt. Ich wußte, sie würde nicht mit leeren Händen nach Hause gehen, ich kannte doch meinen Edgar, und ich hätte sie gern getröstet, aber aus meinem Mund wollte kein artikulierter Laut kommen. Einer der Gorillas hat das Gör in einen Nebenraum gezerrt, ich sah, wie er sich ein bißchen mit ihr die Zeit vertrieb und ihr dann eine Kugel in den Kopf jagte. Da war ich doch enttäuscht von ihm. Zum Glück hatte Edgar das nicht gesehen, sonst wäre der Gorilla dran gewesen. Andere Mädchen und sogar auch Jungen wurden gebracht, um mit uns zu feiern. Das Parkett, das eben noch so glitschig war, fing jetzt vor lauter Blut an zu kleben, immerhin konnte ich so besser die Balance halten. Die Jungen taten mir richtig leid, die kennen so was ja gar nicht, und ich fing an, die Fesseln von einem durchzuknabbern, den sie einfach so liegengelassen hatten, keiner kümmerte sich mehr um ihn, und er schrie wie am Spieß, weil ihm irgendwas im Hintern so brannte, ich weiß auch nicht genau. Aber das hätte ich besser gelassen. Sie werden es kaum glauben, aber ein Typ bemerkte mich dort neben diesem jungen Mann und machte plötzlich ganz üble Sachen mit mir. Ich wollte ihm klarmachen, daß er auf dem falschen Dampfer war, daß ich überhaupt nicht diejenige war, für die er mich hielt, aber nichts zu machen. Wegen Aufsässigkeit wurde ich ausgepeitscht, aber meinetwegen konnte er sich gerne austoben, ich hatte jetzt ein dickes Fell. In dem Augenblick, als die Stimmung eigentlich am besten war, brach die Kapelle wieder ab. Ich sah meinen Marabut hereinkommen, ganz adrett in Weiß, zwar wieder in seinen Eingeborenenkleidern, aber jetzt mit ganz heller Haut. Von nahem merkte man allerdings doch, daß die Bleichprodukte von Wolfado noch nicht ganz ausgereift waren, sie hatten ihm richtig die Haut versaut. Der Marabut sagte: »Bereut, meine Brüder« und schwang dabei eine Art dicke Spirale aus Gold über dem versammelten Publikum. Alle Leute ließen sich auf den Bauch fallen, einige Frauen robbten zum Marabut hin, um den Saum seines Gewandes zu küssen, andere fingen heftig an zu zittern. Das hätte einen schönen Effekt ergeben können, sehr bewegend, wenn wirklich völlige Stille geherrscht hätte wie in einer Kathedrale; aber mein Bauch gurgelte laut von all dem Essen, Gott, war mir das peinlich, ich wäre am liebsten im Erdboden versunken. Aber ich hatte Glück, sie hatten ein junges Mädchen bei den Haaren an einen Kronleuchter gehängt, und die Ärmste machte noch mehr Lärm, ihr ganzes Innenleben tröpfelte auf die Erde, die Eingeweide und alles, mit der hatten sie aber wirklich ihren Spaß gehabt. Der Marabut in seiner großen Güte ging hin und hängte das Mädchen ab, dann segnete er die paar anderen, die auf dem Boden herumlagen, machte eine große Geste, damit einer alles aufwischte, und sagte: »Nun kehrt nach Hause zurück, meine Brüder, geht in euch und betet für dieses kommende dritte Jahrtausend, auf daß der Geist der Spirale uns wohlgesinnt sei und unseren gepriesenen Führer erleuchte.« Ich sah, wie Edgar sich bückte und den Saum des Marabuts küßte, dann packte er mit ausgestreckten Armen die riesige goldene Spirale und erhob sie über die Köpfe der Menge. Am Ende schickte Edgar mit einer Handbewegung all die Leute davon, die ihm im

Abendanzug zu Füßen lagen. Seit den Tagen der Parfümerie hatte es der Marabut weit gebracht. (Sicher, schon damals in seinem Loft im afrikanischen Viertel trug er höchste politische Verantwortung.) In diesem Augenblick kamen ganz verschlafen aussehende Putzfrauen mit Besen und Eimern herein. Ich hörte, wie der Marabut mit Edgar über eine Zeremonie in der Kathedrale verhandelte, viel Schlaf würde der arme Edgar aber nicht kriegen. Es wurde schon hell, auf den Vergoldungen und dem Parkett blitzte es hübsch, und ich war ganz gerührt, als ich in die Sonne schaute. Eine Putzfrau entdeckte mich unter einem Wandbehang und sagte: »Und was sollen wir damit anfangen, Monsieur Edgar?« Edgar, der immer ein Herz fürs Volk hatte, hielt es für richtig zu antworten: »Das ist mein Neujahrsgeschenk für das Palastpersonal.« Ich sah, wie die gute Frau anfing zu strahlen, man muß allerdings dazusagen, daß sie nur Haut und Knochen war. »Oh, danke, danke, Monsieur Edgar«, sagte sie. Ich hatte fest vor, meine Haut teuer zu verkaufen, also wirklich, für wen halten die mich denn. Ich fing an, wild zu grunzen, und da merkte ich, daß der Marabut in meine Richtung schaute. »Aber Edgar«, sagte er lachend, »wo haben Sie denn ein Schwein aufgetrieben, in der heutigen Zeit?« »Sie wissen doch«, antwortete Edgar, »ich habe überall Beziehungen.« Dann lachten sie beide. »Scherz beiseite«, flüsterte Edgar dann – aber ich habe ein feines Gehör –, »das ist ein ziemlich interessanter Fall, vielleicht eine Nebenwirkung von Goliath oder ein Cocktail aus verschiedenen Sauereien, ich müßte das mal von meinen Wissenschaftlern untersuchen lassen. Ist Ihnen klar, was da für Möglichkeiten drinstecken, langfristig gesehen?« Edgar fing wieder an zu lachen, aber der Marabut machte plötzlich ein ganz ernstes Gesicht. »Ich habe in meinem Heimatland schon so eine Zauberei gesehen«, sagte er. »Bleiben Sie auf dem Teppich«, sagte Edgar, »wir wollen doch nicht wieder damit anfangen, die Spirale ist Velium fürs Volk.« Wieder dieses Gelächter. »Das hat nichts mit der Spirale zu tun«, sagte der Marabut todernst. Er ging zu mir und streichelte mir sanft über die Schwarte. »Wie geht's, mein Puttchen?« fragte er laut. Ich begriff, daß er mich wiedererkannt hatte, mir wurde ganz warm ums Herz dabei. »Eines Tages werde ich Ihnen den Chef von Wolfado vorstellen«, redete der Marabut weiter, an Edgar gewandt, »machen Sie sich auf eine Überraschung gefaßt.« »Ich hasse Überraschungen«, sagte Edgar gelangweilt, »aber ich lasse mich gerne verblüffen; wenn Ihnen das gelingt, ernenne ich Sie zum Kommandeur der Gläubigen, nicht diesen Schwachsinnigen von Marchepiède, aber lassen Sie mir das Schwein da, es amüsiert mich.« Und nun fingen diese hohen Würdenträger an, mir den Widerrist zu streicheln, beide gleichzeitig, das müssen Sie sich mal vorstellen, der Marabut versprach Edgar eine ganz exzellente Wurst von den Antillen, Edgar versprach dem Marabut diese Kiste von wegen Gläubige kommandieren, aber keiner der beiden wollte von mir ablassen. Ich fühlte mich unglaublich geschmeichelt. »Ich geb's Ihnen ja wieder«, sagte schließlich der Marabut, und dann muß er irgendwas mit Edgar gemacht haben, ich weiß auch nicht, mit der Hand oder so, da wurde es Edgar ganz anders, und er ließ meinen Schwanz los. Ich zog stolz wie Oskar mit dem Marabut ab, von den beiden war er mir dann doch wesentlich lieber.

»Ich hatte dir doch gesagt, du solltest früher zu mir kommen«, sagte der Marabut im Fond seines Wagens mit Chauffeur zu mir, »guck dir bloß an, in was für einem Zustand du jetzt bist.« Ich schämte mich auch wirklich ein bißchen. Dann waren wir bei ihm, er hatte einen größeren Loft im Büroviertel gemietet und gab mir ein Zimmer für mich ganz allein, im oberen Stockwerk, nicht ohne die Mahnung, ich solle nicht alles vollkacken. An den folgenden Tagen machte sich der Marabut daran, Salben für mich zusammenzumischen, mich überall zu massieren, mir lauter Zeug einzugeben. Er ließ das letzte Rhinozeros Afrikas für mich töten, um sein Horn zu Pulver zerstoßen zu lassen, das muß man sich mal klarmachen, bei den Preisen heutzutage. Ich wurde grün und blau, aber der Marabut war nie zufrieden, mein Ringelschwänzchen bildete sich langsam zurück, aber die Ohren und der Rüssel, die hielten stand. Ich ließ mir alles gefallen – Kost, Logis und Streicheleinheiten, was will man mehr. Dazu verschlang ich alle Bücher des Marabuts, aber die waren wirklich zu schaurig, da ging es um Zombies, um Menschen, die sich in wilde Tiere verwandelten, um unerklärliche Rätsel in den Tropen, es passiert aber auch ein Zeug in diesen Ländern. Das muß vom Klima kommen. Auf jeden Fall fand es der Marabut sehr witzig, daß ich so herumschmökerte, wir wurden immer bessere Kumpel. Und es gab noch was Gutes, ich fand nämlich langsam die Sprache wieder, und so konnten wir zwei miteinander schwatzen. Mir ging es gewissermaßen besser, meine Haare wuchsen wieder, ich konnte beinahe aufrecht gehen, ich hatte an den Vorderfüßen wieder fünf Finger. Nur die Freundin des Marabuts, die war ein bißchen eifersüchtig, sie sagte zu ihm, er würde noch Ärger mit dem Tierschutz kriegen, daß er einfach so ein Tier bei sich zu Hause hielt. Die Freundin war nämlich diese etwas ältere Dame, die früher mit meiner ermordeten Kundin befreundet gewesen war, die Dame, die immer zum Weinen in den kleinen Park kam, können Sie mir folgen? Die Dame hatte sich recht zügig mit diesem Neger getröstet, und dann auch noch mit einem Mann, also wirklich, manche Leute wechseln ihre Angewohnheiten wie ihre Wäsche. Sie sagte also zum Marabut, der Tierschutz sei heutzutage sehr einflußreich, anscheinend war eine ehemalige Schauspielerin, die gut mit Edgar konnte, Staatssekretärin für Sitte und Anstand im Innenministerium geworden, und die machte keine Scherze, die Schauspielerin. »Und währenddessen«, verkündete die Dame trübselig, »sitzen die Menschenrechtskämpfer im Gefängnis.« Der Marabut wisperte ihr zu, sie solle das nicht so laut sagen, er schaute sich unruhig um.

»Auf alle Fälle«, tönte er dann mit durchdringender Stimme, »hat unser lieber Edgar einen radikalen Weg gefunden, um sich die Chaoten vom Hals zu schaffen.« Und er betrachtete mich mit sorgenvoller Miene, könnte man sagen, mir wurde ganz warm ums Herz, daß er sich solche Sorgen machte. Der Marabut rackerte in einem fort, um ein *Gegengift* zu finden. Er war überzeugt davon, daß ich irgendwas Unnormales hätte, da machte ich mir natürlich auch langsam Gedanken. Und dann all diese Mittel, die ich schlucken mußte, das konnte doch gar nicht gut für die Gesundheit sein. Der Marabut glaubte beharrlich, er würde schon weiterkommen, etwas finden, es entschlüsseln oder, im schlimmsten Fall, darauf kommen, zu wem er mich schicken mußte. Aber die Dame wollte mich unbedingt loswerden, und zwar sofort. Man muß noch dazusagen, daß der Marabut und ich, seit ich wieder aufrecht stehen und sprechen konnte und all das, nun, wir hatten wieder angefangen, unser eigenes Süppchen zu kochen. Der Marabut sagte zu der Dame, ich sei *ein außergewöhnliches Wesen*, denken Sie bloß. Leider hielt diese schöne Zeit nicht lange an, ich hatte wirklich kein Glück im Leben. Eines Morgens stürmte ein Kommando vom Tierschutz den Loft, und der Marabut und seine Dame wurden verhaftet. Marchepiède wurde also zum Kommandeur der Gläubigen ernannt. Das weiß ich, weil er dann derjenige war, der sich um mich kümmerte. Bei Marchepiède handelt es sich, jetzt kann ich es Ihnen ja gefahrlos sagen, um niemand anderen als den Irren vom Tag meiner Abtreibung, den Typen, den ich aus dem Heim rausgeschafft hatte und so, da können Sie mal sehen, von wem wir regiert werden. Edgar hatte offenbar nicht mehr viel zu sagen, ich glaube, Marchepiède kam nicht darüber hinweg, daß ihm ein Neger für die Leitung der Kathedrale vorgezogen worden war, oder was weiß ich. Es gab nicht mehr viele Neger auf der Straße, jedenfalls habe ich keine Ahnung, was später aus dem Marabut geworden ist. Marchepiède versuchte alles mit mir, aber er meinte, er sei skeptisch. Edgar konnte ihm lange versichern, daß ich gar nicht so war, wie ich aussah, Marchepiède wollte es nicht glauben. Er sagte, das sei bei Gott nicht möglich. Meine Güte, habe ich vielleicht Séancen über mich ergehen lassen, Exorzismus ohne Ende! Ich kriegte Spiralen übergezogen und Kreuze, die Kathedrale war nun ausschließlich für meine Wenigkeit reserviert, und dann gingen sie zum Auspeitschen über und noch zu ganz anderen Sachen, sogar wenn ich mal besser aussah. Aus diesen Séancen kam ich völlig gerädert heraus. Edgar wiederholte seine Geschichte ohne Unterlaß, und irgendwann ist er deshalb wohl in Ungnade gefallen, ich glaube jedenfalls, daß ihn Marchepiède aus diesem Grund hat internieren lassen, erinnern Sie sich, von Edgars Geisteskrankheit war eine Zeitlang viel die Rede. Anscheinend wieherte er und fraß nur noch Heu, auf allen vieren. Armer Edgar. Na ja, und wie es weiterging, wissen Sie ja selbst. Der Krieg brach aus und so, dann kam die Seuche und dann eine Hungersnot nach der anderen. Ich hielt mich während der ganzen Zeit in der Krypta der Kathedrale versteckt, stellen Sie sich mal vor, wenn die mich gefunden hätten. Auf dem Schwarzmarkt hätte ich bestimmt meine fünftausend Euros das Kilo eingebracht, das sage ich ohne jede Eitelkeit. Als ich wieder rauskam, hatte mich die ganze Welt vergessen, jedenfalls weiß ich nicht, was aus Marchepiède und den anderen geworden ist, ich lese schon lange keine Zeitung mehr. Alles war wieder ruhiger geworden, das spürte man auf den Straßen. Ich wußte nicht, wohin ich gehen sollte. Die einzige Adresse, an die ich mich noch erinnerte, abgesehen von Honorés Wohnung – aber ich sah mich nicht wieder bei Honoré, Sie etwa? –, war die vom Marabut. Ich ging hin und klingelte. Und ob Sie's glauben oder nicht, er war da und die Dame auch. Sie waren beide ganz schön alt geworden. Der Marabut hatte auf der ganzen Haut weißliche Wucherungen, könnte man sagen, Tumore, die ihm das Aussehen eines alten Elefanten gaben. In den Augen der beiden konnte ich lesen, daß ich mal wieder ganz manierlich aussah, bestimmt kam das von der langen Ruhepause in der Krypta. Sie sahen mich vor sich stehen, als wäre ich aus dem Reich der Toten zurückgekehrt. Der Marabut schloß mich in die Arme und flehte mich an, sie jetzt endlich in Frieden zu lassen, er könne mir auch nicht mehr helfen. Aber er gab mir eine Adresse, wo ich mal hingehen sollte. Dort wohnte der Generaldirektor von Wolfado.

Der Generaldirektor von Wolfado empfing mich sehr herzlich, als er hörte, daß ich vom Marabut kam. Der Generaldirektor von Wolfado war wirklich sehr schön, noch mehr als Honoré. Zur Begrüßung beschnüffelte er mich am Hintern, statt mir die Hand zu geben, aber abgesehen davon war er absolut todschick, ein sehr eleganter Mann, sehr gut angezogen und so. Er sagte, er habe schon oft von mir gehört und mit dem Problem sei er vertraut. Ich war ganz erleichtert, daß ich ihm nichts erzählen mußte, denn zu diesem Zeitpunkt war ich mehr oder weniger gut in Form, ich fürchtete nur, daß es nicht lange anhalten würde. Der Generaldirektor von Wolfado brachte mir eine *Bloody Mary* und erklärte mir, das kommt und geht, an einem Tag ist man wie alle andern, und am nächsten brüllt oder wiehert man wieder, je nachdem, aber mit ein bißchen Willenskraft kann man sich zusammennehmen. Er erklärte mir, ihm sei es gelungen, sich nach dem Mond zu richten. Daran hatte ich noch nie gedacht. Dann fragte er mich, ob ich abends schon etwas vorhätte. Es war nicht zu übersehen, daß er mich knackig fand, und er war so schön, so lieb, ich dachte, ich träume. Er sagte, am Seineufer sei es seit dem Wiederaufbau wunderschön im Mondschein und er wüßte ein gutes Restaurant. Dazu schenkte er mir ein breites Lächeln. Er hatte zwei prachtvolle spitze Eckzähne und einen feinen goldenen Schnurrbart, der sich bis zu seinen Ohren zog. Das hat mich einfach umgehauen, wie schön er war. Wir flanierten am Seineufer entlang, und plötzlich beugte sich der Generaldirektor von Wolfado (sein Vorname war Yvan) über mich und zischte, außer Atem, könnte man sagen: »Geh schnell weg.« Wir hatten einen schönen Abend verbracht, ich begriff das nicht. Aber als ich merkte, wie er plötzlich aussah, da habe ich die Beine in die Hand genommen. Ich versteckte mich hinter einem Baum und schaute zu, ich brachte es nicht über mich, mir einen Mann wie ihn durch die Lappen gehen zu lassen. Der Generaldirektor von Wolfado setzte sich auf eine Bank und stützte den Kopf in seine Hände. Er sah furchtbar müde aus. Dann verging viel Zeit. Der Mond brach genau über den Ruinen des Pont-Neuf durch die Wolken, ein wunderschöner Effekt. Auf dem Wasser malte das weiße Licht Zickzacklinien, und die *Schwippbögen* oder wie das heißt, die noch auf dieser Seite der Insel übrig waren, glänzten hell vor dem dunklen Himmel. Es war ja Ewigkeiten her, daß ich einen Ausflug ans Wasser gemacht hatte. Der Palast war komplett zerstört, aber wie all diese verschachtelten Gewölbe am Boden lagen, die umgestürzten Statuen und dieses eigenartige pyramidenförmige Gerüst, das man durch die große Lücke erkennen konnte, all das sah in meinen Augen hinreißend aus, ergreifend im Mondschein, ganz weiß und kreidig. Darüber hätte ich fast meinen Yvan vergessen. Doch plötzlich hörte ich eine Art Schrei von der Bank her. Yvan stand aufrecht, reckte sein Gesicht dem Mond entgegen und seine Faust auch. Das war ein Schock für mich. Und dann fiel er auf alle viere. Sein Rücken bäumte sich auf.

Seine Kleider platzten am Rückgrat entlang, und lange graue Haare sträubten sich durch den Riß hindurch, sein Körper dehnte sich, und dann krachten auch die Nähte an den Schultern und in den Ärmeln. Yvans Gesicht war ganz entstellt, lang und eckig, darin glänzten die Zähne und der Sabber, und seine Haare waren schon gewachsen, bis sie ihm als dichte Mähne auf den Schultern lagen. Der Mond leuchtete in Yvans Augen, wie ein weißer, kalter Blitz unter seinen Lidern. Man spürte, wie Yvan litt, man konnte sein Keuchen hören. Seine Hände hatten sich am Boden zusammengekrampft, wie gestutzt, eingezogen, an die Erde geklammert, voller Knoten und Krallen. Es war, als könnten Yvans Hände die Erde nicht loslassen und wollten es ihr heimzahlen und sie zerreißen, die Erde. Yvan zuckte wild mit der Schulter, und seine hinteren Gliedmaßen zappelten wie ein ausgerissener Baum. Seine Schuhe zerbarsten, seine Hände wühlten den Boden auf, überall flog die Erde herum. Yvan bewegte sich in einem Stück fort. Er kam voran, das war ungeheuer, reckte sich dem Mond entgegen. Etwas in seinem Körper heulte auf, es kam aus seinem Bauch hoch, wie bei mir, wenn ich den Tod spüre. Der Mond wurde blaß. Die Ruinen um uns herum verharrten plötzlich, reglos gewissermaßen, und das Wasser hörte auf zu fließen. Yvan heulte wieder. Das Blut stockte mir in den Adern, ich konnte mich nicht rühren. Ich hatte nicht mal mehr Angst, meine Muskeln und mein Herz waren wie tot. Die Welt schien bei Yvans Geheul nicht mehr zu leben, als sammelte sich ihre ganze Geschichte in diesem Geheul, ich weiß auch nicht, wie ich es sagen soll, alles, was uns jemals widerfahren ist. Jemand näherte sich. Und Yvan, kein Problem, er machte einen Satz. Dieser Jemand glaubte wohl, er hätte nicht recht gehört, man spürte in der Luft, daß er ganz aufgeregt war. Und dann spürte man überhaupt nichts mehr. Eine Welle des Entsetzens, und das war's. Nicht mal ein Schrei. Yvan tanzte um den Kadaver herum. Erstaunlich, ihn so leicht zu sehen, so seiltänzerisch im Mondlicht, er machte mit seinem silbrigen Schwanz kleine Peitschenhiebe gen Himmel, das blitzte wie ein hübsches Freudenfeuer. Die ganze gebrochene Masse seines Körpers, der Schmerz seiner ersten Bewegungen, all das war verschwunden unter seinem Mondfell und seinen präzisen Bissen, unter seinen Hüpfern und wilden Kreuzsprüngen, unter seinem breiten weißen Lächeln. In dem Moment habe ich mich irrwitzwahnsinnig in Yvan verliebt. Noch wagte ich nicht hervorzukommen, ich wollte lieber abwarten, bis er richtig satt war. Als ich sah, wie er am Ufer saß und sich die Lefzen leckte und die Pfoten wusch, weil er fast alles Blut aufgetrunken hatte, kam ich behutsam näher. Yvan sah mich. »Na Mahlzeit«, sagte er. Und ich begriff, daß ich jetzt zu ihm kommen konnte. Ich umschlang seinen Hals und küßte ihn in die warmen, weichen Mulden hinter seinen Ohren. Yvan wälzte sich am Boden hin und her, und ich kratzte ihn unter der Brust und legte mich auf ihn, um mir von seinem köstlichen Geruch nichts entgehen zu lassen. Ich küßte ihn auf den Hals und auf seine Mundwinkel, ich leckte ihm über die Zähne und biß ihn in seine Zunge. Yvan lachte vor Glück, er leckte mich überall, bäumte sich über mir auf, und ich rollte mich auf den Rücken, wir fingen alle beide an zu stöhnen, so glücklich waren wir. Dann setzte sich Yvan auf sein Hinterteil, und ich kuschelte mich zwischen seine Pfoten. So blieben wir ganz lange sitzen und ließen uns von unserem Glück tragen. Ich schaute Yvan oft an, richtete mich auf den Ellbogen auf und lächelte ihn an, und dann lächelte er zurück. Yvan war silbergrau, er hatte eine lange Schnauze, zugleich fest und feingeschnitten, ein männliches, kräftiges, elegantes Maul, lange, dichtbehaarte Pfoten und eine sehr breite Brust mit einem seidenweichen Pelz. Yvan war *die Schönheit in Person*. Allmählich ging die Sonne auf, und Yvan schlief ein, die Nase auf den Pfoten. Ich blieb neben ihm sitzen und wachte über seinen Schlaf. Falls jemand vorbeikam, hätte er genausogut mein Hund sein können, ein sehr großer Hund. Dieser Gedanke brachte mich zum Lächeln, ich war ganz gerührt. Die Sonne spiegelte sich blaßgelb auf der Seine, der Mond zerging. Die Ruinen des Palastes verschwammen in einem gelben Dunst, und ein, sagen wir, extrem feiner Staub legte sich sanft auf alle Dinge, pulverisiertes Licht. Die letzten Glassplitter auf der Pyramide konnte man gar nicht direkt anschauen, so sehr glitzerten sie, ein Schleier aus Gold auf den Eisenträgern. Ich merkte, wie sich Yvan an meinen Knien rührte. Das war ein seltsamer Anblick, als die Sonne Yvan auflöste, könnte man sagen, als sie auf seiner Schnauze die Züge verwischte und wegradierte, seine wilden Augen wegschmelzen ließ, seine Ohren stutzte, seinen Pelz abrasierte. Yvan funkelte, man konnte ihn kaum noch erkennen in dem Lichtschein, der um ihn glühte und ihn verschwinden ließ, ich dachte, gleich schmilzt er mir in den Armen weg, und ich schrie auf und preßte ihn ganz fest an mich. Aber alles passierte ganz sanft. Die Sonne erreichte die Mauerflächen der alten Kathedrale, die noch standen, und die Strahlen gleißten nicht mehr ganz so stark. Yvan hob den Kopf, und ich sah sein Menschengesicht. Er stand auf und streckte mir die Hand hin. »Gehen wir«, sagte er. Er war splitternackt, ich kriegte das wilde Kichern. Wir liefen zu Fuß in seine Wohnung zurück, zum Glück waren nicht allzu viele Passanten unterwegs, aber seit Edgar haben die Leute schon ganz andere Sachen erlebt.

Nun begann die glücklichste Zeit meines Lebens. Es tut mir richtig weh, heute daran zurückzudenken. Armer Yvan. Wir waren mehrere Monate zusammen, Yvan und ich, in seiner Wohnung. Bei jedem Vollmond ging er einen Happen essen. Er hatte mir gezeigt, wie ich meinen eigenen Rhythmus den Mondphasen anpassen konnte, aber es gelang mir viel schlechter als ihm, ich glaube, er hatte es wirklich im Blut. Er nahm an, daß mein Hormonzyklus die ganze Angelegenheit so durcheinanderbrachte, mit Weibchen kannte er sich da nicht besonders gut aus. Aber vor allem kam es auf große

Willensstärke an. Wenn ich genug davon hatte, eine Sau zu sein, wenn es schon zu lange gedauert hatte oder aus dem einen oder anderen Grund ungelegen kam, dann zog ich mich allein in unser Schlafzimmer zurück und machte mit größtmöglicher Konzentration Atemübungen. Und heute versuche ich dasselbe, um besser schreiben, um den Stift besser halten zu können, doch seit Yvan tot ist, gelingt es mir immer weniger. Das kann mir jetzt sowieso egal sein, ob ich ein Schwein bin oder nicht. Mir geht es hervorragend so, ich komme mit niemandem mehr zusammen, höchstens mit ein paar Artgenossen, und bei dem Gedanken, in die Stadt zurückzukehren, werde ich schon im voraus müde. Am besten war es mit Yvan, wenn ich gerade meine Brunst hatte. Wir paßten unheimlich auf, nicht zu sehr zu schreien, der Nachbarn wegen, aber was hatten wir für einen Spaß! Yvan liebte mich als Frau genauso wie als Sau. Er sagte, ist doch fabelhaft, zwei Daseinsformen zu haben, gewissermaßen zwei Weibchen zum Preis von einem, was haben wir gelacht. Yvan hatte alle Geschäfte eingestellt, um das Leben mit mir ungehemmt genießen zu können, er hatte Wolfado an Yerling verkauft, wir schwammen im Geld. Yvan zog mir die schönsten Kleider an. Er hatte sogar der Regierung der Freien Bürger eine großzügige Spende gemacht, damit der Pont-Neuf wiederaufgebaut wurde, zur Erinnerung an unsere erste Nacht. Wir gingen oft dort spazieren, wenn ich vorzeigbar genug für die Leute auf der Straße war. Ich war immer unheimlich stolz, wenn ich die Tafel mit Yvans

Namen am Pont-Neuf sah. Leider ist die Brücke nie fertiggestellt worden, nur Yvan konnte in den Vollmondnächten mit einem ziemlich kraftvollen Sprung das Ufer erreichen, so stark war er. Ein großer Teil seiner Spende war veruntreut worden, das gab einen Riesenskandal, aber Yvan erklärte, er wolle der Sache nicht weiter nachgehen, die Brücke sei auch so sehr gut. Das verstand keiner, und man muß dazusagen, daß es für den Verkehr auch nicht sehr praktisch war, zum Glück hatte das Ministerium die Idee, die Schneise im alten Palast zu nutzen, um eine Stadtautobahn hindurchzulegen. Gut, das verschandelte die Landschaft ein bißchen, Yvan überlegte schon, ob er sich einschalten sollte, aber er hatte sich, aus eigener Entscheidung, fast völlig aus dem gesellschaftlichen und politischen Leben zurückgezogen. Er gab alles auf, um sich ausschließlich mir zu widmen. Ab und zu kreuzten einige Paparazzi unseren Spazierweg am Pont-Neuf, Yvan hinderte mich daran, die Artikel zu lesen, anscheinend waren sie nicht sehr schmeichelhaft für mich, die Fotos zeigten mich nie von meiner Schokoladenseite, und ich wurde darin als *fette Sau* bezeichnet, darüber mußten wir laut lachen, Yvan und ich. Ich kann Ihnen gar nicht sagen, wie egal mir all das damals war. Falls es Leute gab, die neidisch wurden, weil der berühmte Yvan von Wolfado für eine fette Sau auf alles verzichtet hatte, dann war das ihr Problem, sie konnten es eben nicht verstehen. Ausgerechnet damals wurde auch der Tod des Marabuts gemeldet. Experten beschäftigten sich mit den alten

Bleichcremes von Wolfado, Yvan war ganz froh, erst mal aus der Schußlinie zu sein. Dank seiner Beziehungen zum Ministerium wurde die Affäre vertuscht, und er bot der alten Freundin des Marabuts all seine Yerling-Aktien an. Dann gingen wir auf Reisen. Das war manchmal etwas kompliziert, denn wegen der ganzen Störfaktoren, der exotischen Ernährung, der Klimaanlagen, der Monsunstürme und was weiß ich noch alles, gelang es mir oft nicht, meinen Zustand menschlich genug zu halten, um unser Hotelzimmer verlassen zu können. Aber es war sehr aufregend, so hinter verschlossenen Türen, zu zweit unter dem Moskitonetz, und die Journalisten brachten die verrücktesten Gerüchte über unsere Abwesenheit in Umlauf. Und dann, kein Wunder, sind sie über uns hergefallen. Yvan, der früher ja berüchtigt für seine exzentrischen Launen war, schenkte mir eine Halskette aus Diamanten, und so sind wir unter die Leute gegangen, er aufrecht und ich an der Leine, ich war eben sein privates Hausschwein, so wie andere einen Pekinesen haben oder eine Boa. In Paris wäre das undenkbar gewesen, Yvan hätte gleich Ärger mit dem Tierschutz bekommen. Wir wollten nicht riskieren, daß ich ihm weggenommen wurde und in einem Zwinger endete oder Schlimmeres. Deshalb hielten wir uns viel im Ausland auf. War auch ganz praktisch in den Vollmondnächten, Chinesen und Neger zählen einfach nicht so wie Pariser. Dummerweise mußten sich diese Idioten von Freien Bürgern dann mit der ganzen Welt verkrachen wegen ihrer Vorstellungen von gemeinschaftlicher

Autarkie. Ein Glück, daß Yvan Wolfado rechtzeitig verkauft hatte. Wir mußten wohl oder übel zurück nach Paris. Das Leben wurde nun etwas komplizierter, weil die Leute, die Yvan in der Regierung kannte, alle ins Gefängnis kamen, das war die Ära der Großen Prozesse, na ja, Sie werden sich erinnern. Die Neuen Bürger wollten die Restaurierung des Pont-Neuf beenden und uns wie alle anderen zur Zwangsarbeit verpflichten. Die meisten von Yvans Bankkonten wurden leergeräumt, und dann standen sie eines Tages direkt vor unserer Tür, wir dachten, wir träumen, aber echt. Zum Glück hatte Yvan noch genug Geld zur Hand und konnte denen damit ihre waschen, sonst hätten wir in der Falle gesessen wie eine Maus. Ob es an all diesen Aufregungen lag oder was weiß ich, jedenfalls war ich inzwischen drei Viertel der Zeit Schwein, und wir mußten immer unauffälliger werden. Das war gar nicht mal unangenehm, im Gegenteil. Wir blieben in unserer schönen Wohnung, und keiner kam mehr und fiel uns auf den Wecker, denn Yvan hatte inzwischen neue Beziehungen. Er besorgte mir Obst und Gemüse über eine Internet-Adresse, die als kulturelle Datenbank getarnt war, der Schwarzmarkt funktionierte prima. Für sich kaufte er Rindfleisch, und so konnten wir in perfekter Autarkie leben. Wir mußten nur ein bißchen aufpassen, wenn die Lieferanten klingelten, ich versteckte mich dann im hinteren Zimmer. Die Tage vergingen auf das köstlichste. Im Morgengrauen, wenn die ganze Stadt noch schlief, weckten uns die heißkalte Begegnung von

Sonne und Mond und der Hauch der Sterne, wenn sie auf die andere Seite der Welt tauchten. Yvan leckte mich hinter den Ohren und stellte sich ans Fenster, um an der frischen Luft tief durchzuatmen, und dann preßte er mir meinen Kartoffelsaft, während ich noch im Bett herumschlunzte. Wir streichelten uns zärtlich. Wenn der Himmel ganz golden geworden war, nahmen wir auf der Veranda ein Sonnenbad und aalten uns dort, den ganzen Tag über machten wir eine Siesta nach der anderen, glücklich wie die Tiere. Wir ließen uns Bücher ins Haus liefern und Zeitungen auch, aber irgendwann fiel selbst das weg. Deshalb blieben wir auch dann noch arglos, als die Morde am Seineufer langsam immer mehr Staub aufwirbelten. Wir hatten gedacht, bei dem allgemeinen Durcheinander wird sich doch kein Schwein für die paar zusätzlichen Leichen interessieren, aber diese Esel von Bürgern machten das ganz ordentlich, sie hatten eine furchtbar effiziente Polizei aufgebaut. Ich glaube, die Art und Weise, wie die Opfer massakriert worden waren, machte sie besonders neugierig. Später habe ich die Artikel gelesen, da war von dem *Vollmond-Irren* die Rede, ja sogar von der *Bestie*, also wirklich. Natürlich gab es auch ein paar Leute, die gleich von *Erlösung* anfingen und *Sühne*, aber die waren sofort fällig. Da machten die Neuen Bürger keine Witze. Auf den Zeitungsausschnitten, die ich aufgehoben habe, waren die Köpfe der Leichen abgebildet, fein säuberlich abgetrennt, wie Yvan es so gut konnte. Das kann man wirklich sagen, die Opfer kamen gar nicht dazu, groß zu leiden. Die Ermittler verloren viel Zeit damit, die Tatwaffe zu suchen, sie konnten sich ein wildes Tier gar nicht vorstellen, ist ja klar, es gibt schon lange keine mehr, und dann mitten in Paris, kein Gedanke. Die *Vernünftigkeit* ist das Verhängnis der Menschen, lassen Sie sich das von mir gesagt sein. Durch einen Lieferanten bekamen wir Wind von dem ganzen Wirbel. Also beschloß Yvan, zu Hause zu bleiben und sich totzustellen, aber damit fingen die Komplikationen erst richtig an. Vor allem der erste Vollmond danach wurde für uns beide zu einer echten Prüfung. Yvan tigerte auf und ab. Er sprach nicht mehr mit mir. Ich schaltete den Fernseher ein, um mich etwas abzulenken, aber aus den Augenwinkeln behielt ich Yvan im Blick, ich konnte nicht anders. Er setzte sich ans Fenster, auf sein Hinterteil, er ließ den Mond nicht aus den Augen. Ich achtete vor allem auf seine Haare, die waren immer das erste Anzeichen. Und sie verfärbten sich langsam grau, als wäre er mit einem Schlag um zehn Jahre gealtert. Dann sträubten sie sich auf seinem Kopf, und am Hals kamen sie aus dem Kragen und zwischen seinen Hemdknöpfen hervor, auf seinen Wangen, auf den Handrücken. »Reiß dich etwas zusammen, Yvan«, keuchte ich. Der Anzug von Yerling platzte hinten, Yvan hatte aber auch einen Verbrauch! Sein Rücken wölbte sich ganz furchtbar, man hätte meinen können, ein Dromedar. Und dann der ganze Film, die dicker werdenden Pfoten, die Krallen, die spitzen Ohren, die immer weiter hervorstehenden Zähne, ich konnte mich kaum daran gewöhnen, das kann ich Ihnen sagen. Yvan in so einem Zustand, das war immer wieder schockierend. Er schaute mich mit irrem Blick an, mir war, als würde es in meinem Bauch brennen, so was hatte ich noch nie gesehen, außer nachts. Da sagte ich mir, jetzt rufst du *Pizza-Pieps* an. Ich sprang zum Telefon. Zum Glück lassen sich diese dreistelligen Nummern leicht merken, das ist manchmal eine Frage von Leben oder Tod. Die Panik entriß mir die rettenden Worte. »Hallo«, schrie ich, »eine Pizza zum Quai des Grands-Arlequins Nummer 7, schnell.« Ich wußte, die von *Pizza-Pieps* erledigen alles in weniger als zwanzig Minuten. Das waren die längsten zwanzig Minuten unseres Lebens, für Yvan wie für mich. Ich hatte mich im Schlafzimmer eingeschlossen und hörte Yvan brüllen und an der Tür kratzen, und dann heulte er, wie nur Wölfe heulen können, und verwünschte mit langem, kehligem Jaulen den ganzen Planeten. Yvans Leiden war unerträglich. Ich mußte mich stark konzentrieren, um ruhig zu bleiben, das war jetzt wirklich nicht der Augenblick, mit den Wölfen zu heulen, wenn ich das mal so sagen darf. Behutsam öffnete ich die Schlafzimmertür. Und sprach mit Yvan. Und ging vorsichtig hinein. Er ließ mich nicht aus den Augen. Ganz sanft näherte ich mich, und ganz sanft nahm ich seinen Kopf in die Hände. Wenn er sitzt, reicht mir Yvan bis zu den Schultern. Ich spürte, wie ein langgezogener Schauer über seinen Rücken lief. In seinen Augen sah ich etwas Menschliches aufblitzen; der Schmerz, seinem Instinkt zu widerstehen, zuckte in Wellen durch seine Iris, ich beobachtete in seinen Augen den Kampf zwischen

Liebe und Hunger. Ich fing an, halblaut mit ihm zu sprechen. Ich erzählte ihm von der Steppe, vom Sommerschnee in der Taiga, von den gallischen Wäldern, vom Gévaudan, von den baskischen Hügeln, den Schäfereien in den Cevennen und der schottischen Heide, vom Regen und vom Wind. Ich zählte die lange Liste seiner toten Brüder auf, nannte den Namen jeder Horde. Ich erwähnte die letzten Wölfe, die verborgen in den Ruinen der Bronx hausen und denen sich niemand zu nähern wagt. Ich erzählte ihm von den Träumen der Kinder, den Alpträumen der Menschen, ich erzählte ihm von unserem Planeten. Ich weiß auch nicht, wo ich das alles hernahm, es kam mir so, das waren lauter Dinge, die ich tief in meinem Innern entdeckte, und ich fand selbst die schwierigsten und unbekanntesten Wörter. Deshalb schreibe ich das alles jetzt auf, weil ich nicht vergessen kann, was Yvan mir an jenem Abend gegeben hat und was ich ihm gegeben habe. Er seufzte sacht, rollte sich zusammen und nickte fast ein. Ich sah die Träume unter seinen seidigen Augenlidern vorüberhuschen. Und dann war es, als risse der Mond etwas zwischen uns entzwei, das ging mir bis auf den Grund meines Bauches. Das Zimmer wurde ganz blau, der Mond erreichte seinen Zenit. Mit einem Ruck sprang Yvan auf. Er hörte mein Blut in den Adern rauschen und roch die Muskeln unter meiner Haut, er sah die Schlagader an meinem Hals pochen. Seine gelben Augen spalteten sich. Seine Stimme brach, ein langes Aufheulen, und all seine Muskeln zogen sich zusammen, er nahm Anlauf. Das

Fell auf seinem Rücken stellte sich aufrecht, sein Schweif wurde starr, ich sah, daß alle Nerven und Fasern und Adern in höchster Anspannung waren, von seiner Kehle bis hin zu den Spitzen seiner knotigen Pfoten. Na gut, dachte ich mir, immerhin ein schöner Tod. In diesem Augenblick klingelte es an der Tür. Das brachte Yvan kurz ins Schwanken, und er blickte zur Tür. Mir blieb nicht mal mehr Zeit, dem Botenjungen guten Tag zu sagen. Die Pizza spritzte durch die Luft. Das Blut war nicht von der Tomatensoße zu unterscheiden. Echt praktisch, habe ich mir gesagt, so eine Lieferung frei Haus.

Von da an haben wir uns regelmäßig ins Haus liefern lassen, immer wenn es wieder Vollmond wurde. Ich aß die Pizza und Yvan den Boten. Um unangenehme Gerüche zu vermeiden, durfte Yvan keine Reste übriglassen, er wurde richtig pummelig davon, einfach süß. Mit der Zeit kriegten wir von allen Pariser Pizzerien eine Kostprobe, schließlich mußten die Spuren verwischt werden, *Speedo-Pizza, Vespa-Pizza, Pizza-Blitz, Pizza Brumm-Brumm, Solex-Pizza* und wie sie alle heißen. Wir gaben fiktive Lieferadressen an. Yvan benutzte falsche Namen und mietete extra für die Gelegenheit ein Apartment an. Ein anderes Problem war, die Fahrzeuge loszuwerden, aber dafür ist ja die Seine da. Wir warteten die nächste Neumondnacht ab, und plumps!, ab ins Wasser. Wir lebten ein richtiges Abenteurerleben, wir waren die Bonnie and Clydes der heutigen Zeit. Der Alltag war insgesamt sehr angenehm, wir hatten eine traumhafte Wohnung und unsere Liebe, und dann mußte einmal im Monat wieder ein neues Szenario ausgetüftelt werden, jedesmal eine andere Situation, unerhörte Sinnesreize, unbekannte Gerüche, exotisch-schmackhafte Küche. Die Katastrophe von Los Angeles hatte eine neue Sorte Einwanderer nach Paris geschwemmt, die sich allesamt auf Schnellpizza spezialisierten, und laut Yvan waren sie köstlich, schön fett, mit einem kleinen Nachgeschmack von Coca-Cola. Wahrscheinlich ist es Klassendünkel, jedenfalls hatte Yvan immer schon etwas für Junk-food übrig gehabt. Mich ergriff allerdings eine leichte Langeweile, deshalb saß ich immer öfter vor dem Fernseher. Und eines Tages brachte mich *Bitte melde dich!* durcheinander, aber nicht zu knapp. Ich hätte auf Yvan hören sollen, der solchen reißerischen Quark nicht ausstehen konnte. Diese Sendung hatte einen besonderen Erfolg wegen all der Vermißten, die es seit dem Krieg und der Zeit der Großen Prozesse gab. Plötzlich erschien meine Mutter auf dem Bildschirm, ich hatte sie vollkommen vergessen. Sie mich offenbar nicht. Sie hatte eine Ausgabe von *Hier Paris* und eine von *Wir auch* in der Hand, und dann rauschten Großaufnahmen von mir und Yvan über den Bildschirm. Meine Mutter weinte und sagte unter heftigem Geschluchze, man konnte sie kaum verstehen, sie habe mich wiedererkannt, sie wolle ihr liebes kleines Mädchen wiedersehen. Als nächstes war zu meiner großen Verwirrung der Bildschirm übersät mit lauter Fotos von mir als kleinem

Mädchen, sogar ein paar, auf denen mich meine Mutter stillte. Yvan wälzte sich vor Lachen, der Ärmste, wenn er gewußt hätte, wohin uns diese Geschichte noch führen sollte. Meine Mutter erzählte, mein Vater sei im Krieg gestorben, ich strengte mich furchtbar an, um mich an ihn zu erinnern; und sie sitze ohne Rücklagen da, ohne Arbeit, auf der Straße, könnte man sagen, und es sei doch wohl das mindeste, daß ich mich mal bei ihr meldete. Der Moderator ritt ständig auf meiner Beziehung zu Yvan herum, die Reichen fressen uns die Haare vom Kopf, die lassen uns nur noch die Haut auf den Knochen und die Augen zum Weinen. Also da dachte ich wirklich, gleich erstickt Yvan vor Lachen. Als er sich endlich beruhigt hatte, versuchten wir, das Ganze mit kühlem Kopf durchzusprechen, und Yvan meinte, deine Mutter will bloß Geld abzocken. Da habe ich mich zum erstenmal mit Yvan gestritten. Er sagte, die Chancen sind minimal, daß das Landhaus deiner Mutter, das sie von ihrem Lottogewinn gekauft hat, im Krieg zerstört worden ist; deine Mutter sitzt garantiert nicht auf der Straße, die hat bestimmt noch was auf der hohen Kante. Also ich muß sagen, dieses Ding im Fernsehen war echt ein Schock für mich, ich weiß nicht, ob deshalb, weil ich meine Mutter wiedergesehen hatte oder diese Fotos von mir, wie ich noch klein war, oder mich selbst in Großaufnahme auf dem Bildschirm, so wie ich inzwischen war. Ich konnte es nicht ertragen, daß Yvan so redete. Ich sagte zu ihm, du hast doch keine Ahnung, wie das ist, arm zu sein und Hunger zu haben, lauter solche Absurditäten; wenn ich daran zurückdenke, tut es mir richtig weh, daß ich mich wegen solcher Kleinigkeiten mit Yvan verkracht habe. In dem Moment wußten wir ja nicht, daß unsere glücklichen Tage miteinander schon gezählt waren. Yvan schmollte und verkündete, er sei ja bereit, meiner Mutter Geld zu schicken, aber sie wiederzusehen, das würde uns endlose Schwierigkeiten einbringen. Yvan wußte, die Neuen Bürger wollten ihm letzten Endes an den Kragen, und dieses ganze Getue im Fernsehen beunruhigte ihn, er glaubte, jemand hätte meine Mutter geschmiert, um gewissermaßen den Wolf aus seinem Bau zu locken. Es brachte mich zum Weinen, wenn er so redete, mit seiner kalten Logik. Yvan wollte mir klarmachen, daß diese Sendung allen nützte, sie erweckte den Anschein, als lebten die Angeklagten der Großen Prozesse womöglich noch, aber ich habe noch nie etwas von Politik verstanden, ich schrie, hier geht es doch nur um meine Mutter und mich. Yvan konnte sich nicht in mich hineinversetzen, wir, mein Vater, meine Mutter und ich, wir hatten doch jahrelang in dem versifften Sozialbau von Garenne-le-Mouillé gelebt, das konnte er sich nicht vorstellen, meine Mutter tat mir einfach leid. Meine Gedanken wurden immer verschwommener, ich schaffte es nicht mehr, ruhig nachzudenken. Nun sah ich mich jeden Abend im Fernsehen. Eine Stimme erläuterte, ich hätte meiner Mutter immer noch kein Lebenszeichen gegeben, dann kam ein Foto von mir als jungem Mädchen, ein Foto von meiner Mutter in Garenne-le-Mouillé und dann wieder Fotos von mir und Yvan. Es brachte mich fast um, wie grottenhäßlich ich jetzt war, und genauso brachte es mich fast um, daß mich meine Mutter trotzdem erkannt hatte. Mütterlicher Instinkt, das ist etwas Schönes, das *Wiedererkennen aus dem Bauch*, wie es heißt. Yvan geriet richtig in Harnisch, als er mich so sah, er sagte, ich wäre ja noch viel blöder, als er gedacht hätte. Wir haben furchtbar laut herumgebrüllt. Yvan ging weg und zog durch das nächtliche Paris, ich weiß auch nicht genau, was er da trieb, er kam betrunken und pitschnaß zurück. Uns blieb nur noch ein einziger Augenblick wahrer Gemeinsamkeit: immer wenn der Pizzabote kam. Die Detektive von *Bitte melde dich!* rückten uns allmählich immer dichter auf den Pelz, mit der Adresse am Quai des Grands-Arlequins hätten wir auch diskreter umgehen können, und ich muß gestehen – wie weh das tut, daran zu denken! –, daß ich mehrmals in der Sendung angerufen habe, ich wurde mit meiner Mutter verbunden, aber im letzten Moment legte ich immer auf. Heute frage ich mich, ob sie uns nicht wegen dieser Anrufe vom Quai des Grands-Arlequins geortet haben. Im Fernsehen brachten sie Aufnahmen von meinem telefonischen »Hallo«, immer abgebrochen, ich hatte gräßliche Schuldgefühle, und außerdem merkte ich wohl, wie sie sich mein problematisches Äußeres zunutze machten, um mich vor dem Publikum unsympathisch dastehen zu lassen. Meine Mutter kam noch mehrere Male unter der Rubrik *Sie leben noch* und weinte und schrie meinen Namen. Ich schwöre Ihnen, das war ganz schön hart. Auf dem Bildschirm sah man die Zuschauerstatistik in Rot, noch nie war die Quote so hoch gewesen. Na schön. Yvan hat den Fernseher in die Seine geworfen, und wir beschlossen umzuziehen. Aber Yvan liebte die Seine zu sehr, wir waren nicht vernünftig genug, Paris zu verlassen. Die Grenzen waren dicht, doch zumindest aufs Land hätten wir fahren sollen. Da wären wir beide heute noch. Die neue Wohnung, die wir fanden, lag genau auf der anderen Seite der Seine, in der Nähe des früheren Pont Mirabeau. Vorübergehend verloren die Detektive von *Bitte melde dich!* unsere Spur, und dann ging auch die Quote runter, weil sich nun die Mutter vom Generaldirektor der Parfümerie in den Vordergrund drängte, endlich ließen sie Yvan und mich in Ruhe, von uns war praktisch keine Rede mehr. Ich hörte nichts mehr von meiner Mutter. Das war wie Urlaub. Ich fummelte aber im Mercedes an dem kleinen Portable herum, um mir die Sendung weiter anzuschauen, ich wollte wissen, ob es die Mutter meines ehemaligen Chefs schaffte, ihren Sohn wieder in die Finger zu kriegen, aber zwischen Yvan und mir gab es dann doch, wie man so schön sagt, eine richtige Versöhnung. Endlich konnten wir wieder gemeinsame Stunden des Glücks erleben. Und dann überschlugen sich die Ereignisse. Am Tag des Umzugs war ich etwas verstört, kein Wunder, ich verlasse meinen heimischen Pfuhl nur ungern. In dieser Zeit war ich gerade eine Sau mit allem Drum und Dran; der Rüssel, die Füße, das Rückgrat in der Horizontalen, da gab's nichts dran zu deuteln oder zu kaschieren. Yvan mußte mich wohl oder übel in einen großen Sack stecken, aber als Sau bin ich furchtbar klaustrophobisch, ich konnte es unmöglich da drin aushalten. Als Yvan den Mercedes parkte, sprang ich mit einem Satz aus dem Sack, es war einfach stärker als ich. Wir hatten unsere Vorsichtsmaßnahmen getroffen, es wurde gerade dunkel, die Stunde, wo alles verschwimmt. Aber irgendwer muß uns doch gesehen und angezeigt haben, bestimmt einer der Nachbarn. Mitten in der Nacht platzte der Tierschutz herein. Wir hatten aber auch wirklich Pech, es war nämlich prompt gerade Vollmond. Yvan hatte eben aufgegessen und schnarchte wie ein Murmeltier, ich schlummerte ein wenig an seiner Seite, den Bauch voll Pizza. Ich weiß nicht mehr genau, in welchem Zustand ich war, kein Wunder, das geht alles durcheinander in meinem Kopf, aber als ich hörte: »Tierschutz! Aufmachen!«, da spürte ich, wie mit einem Ruck mein Ringelschwänzchen hervorquoll. Ohne meine verflixte Empfindsamkeit wäre Yvan heute vielleicht noch am Leben, und nur ich hätte mir Sorgen machen müssen. Die Leute vom Tierschutz brachen die Tür auf und umringten uns mit ihren Maschinengewehren. Yvan wachte auf und bleckte die Zähne. Die Tierschützer kriegten sich gar nicht wieder ein, daß sie einen so großen Wolf und ein Schwein zusammen entdeckt hatten, und obendrein in einer Pariser Wohnung. Von dem Pizzaboten war nichts übriggeblieben, bloß sein Mofa stand noch unten, aber das war nicht das Problem. Hätten Yvan und ich doch an diesem

Abend wenigstens ein kleines Apartment gemietet wie sonst auch, um uns dorthin liefern zu lassen! Aber mit unserer nagelneuen Adresse beim früheren Pont Mirabeau hatten wir es nicht für nötig gehalten, jetzt schon argwöhnisch zu sein. Wir Ärmsten. Ich verständigte mich ohne Worte mit Yvan, ich sagte ihm, nur ruhig Blut, ich hoffte, daß ihn bei all dem, was er im Magen hatte, wenigstens der Hunger nicht mehr reizen würde und er sich lammfromm abtransportieren ließe. Aber die Leute vom Tierschutz hatten so was noch nie gesehen und kriegten es mit der Angst. Eine Matrone in Uniform inspizierte die Wohnung und setzte ein Protokoll auf. Ich weiß, daß am nächsten Morgen in der Zeitung stand, Yvan, der ehemalige Boß von Wolfado, wäre ein typisches Beispiel für die Verderbtheit der Reichen, die wären dran schuld, daß die Kanalisation voller Krokodile ist, und dieser Yvan ließe bei sich zu Hause mitten in Paris wilde Tiere frei herumlaufen und wäre mit seiner Geliebten flüchtig, Aufenthaltsort unbekannt. Journalisten begreifen aber auch rein gar nichts, immer dasselbe. Die Matrone schrieb ihr Protokoll zu Ende, und die Typen hatten immer noch Yvan im Visier, da sagte sie: »Gut. Fangen wir mit dem Schwein an.« Ein Kerl ist mit einem großen Netz auf mich zugekommen, und ein anderer hat mir ein Lasso um den Hals geworfen. Und da ist Yvan gesprungen. Die Schüsse krachten im selben Moment wie sein gewaltiges Gebiß. Er hatte noch genug Zeit, zweien oder dreien von ihnen den Kopf abzureißen, und dann hat er sich in eine Ecke geschleppt und ist gestorben. Das war auch für mich der Tod. Ich hätte mich am liebsten auf ihn gelegt und geweint, aber ich verfing mich in den Maschen des Netzes und stolperte. Sie steckten mich in ihren Transporter und dann in einen Käfig im Zoo. Mehrere Tage lang habe ich nur gebrüllt. Ich aß nichts. Die Besucher warfen mir Erdnüsse hin und Fritten, und auf einem fettigen Stück Zeitungspapier sah ich das letzte Foto von Yvan. Er stand ausgestopft in der Eingangshalle des Museums für Naturgeschichte. Ich legte mich hin und wartete auf den Tod. Ich weiß noch, daß mich ein paar Kinder durch die Gitterstäbe mit Knallfröschen bewarfen. Eine Meute von Tierärzten wuselte um mich herum, ich bekam Spritzen, ein Marabut kam und rieb mich mit irgendwas ein, er sagte, er habe noch nie ein Schwein in einem solchen Zustand gesehen. Endlich hielten sie mich, glaube ich, für tot und ließen mich liegen. Dann fand ich mich in einem Kühllaster wieder, auf dem Weg ins Schlachthaus, nehme ich an. Die Kälte weckte mich. Ich war splitternackt und hatte wieder einen menschlichen Körper. Vielleicht weil ich ganz unten angelangt war. Jedenfalls bin ich aufgestanden und habe ganz einfach nur die innere Klinke heruntergedrückt. Die Tür ging auf, ich wartete eine rote Ampel ab und sprang hinaus. Schnell hob ich einen Kanaldeckel hoch und schlüpfte hinein, da war es schön warm, und keiner konnte mich sehen. Bloß auf die Krokodile mußte ich aufpassen. Ich suchte mir einen Weg zu den Katakomben und kam beim Museum für Naturgeschichte wieder zum

Vorschein, ich wollte Yvan ein letztes Mal adieu sagen. Von diesem Augenblick mag ich nicht sprechen. Dann schlug ich eine Nachtputzkraft mit ihrem eigenen Besen nieder, stahl ihr den Boubou und zog ihn mir über. Darauf rief ich das Fernsehen an und verlangte den Moderator von *Bitte melde dich!*, ich behauptete, ich hätte Informationen über Yvans Geliebte. Da gaben sie mir die Privatnummer des Moderators. Ich rief ihn an und sagte ihm, wer ich bin. Er sagte, ich solle sofort zu ihm kommen, und das tat ich, mit dem Besenstiel. Ich war es nämlich, die den Moderator von *Bitte melde dich!* getötet hat. Ich durchsuchte seine Papiere und fand die Adresse meiner Mutter in einer Akte. Ich raffte alles Geld zusammen, das ich finden konnte, und nahm im Morgengrauen den Zug.

Vorsichtshalber stieg ich in einen Viehwaggon. Bei den Kühen fühlte ich mich gleich etwas besser. Erst mal einen Schluck Milch. Ich ließ mich gehen und schlief viel. Als der Zug sein Ziel erreichte, schwankte ich zwischen meinen beiden Zuständen. Wenn meine Haut dünner wurde, fand ich es in meinem Boubou furchtbar kalt, und wenn sie dicker wurde, spürte ich gar nichts mehr. Der Boubou platzte aber so ziemlich überall aus den Nähten. Ich stibitzte den Kühen etwas von ihrem Heu und stopfte mich damit voll, ich plante schon für die nächsten Tage im voraus. Als es Nacht war, kletterte ich aus dem Waggon und begab mich schnell in die Vororte der kleinen Stadt. Mir kam andauernd das

Heu wieder hoch, weil ich nicht wiederkäuen kann, und so Heu liegt ganz schön schwer im Magen, ständig mußte ich stehenbleiben vor lauter Bauchkrämpfen. Das lag aber auch daran, daß ich so lange nichts mehr gegessen hatte. Ich fand mich nicht besonders ansehnlich für einen Besuch bei meiner Mutter, vor allem nicht in diesem ramponierten Boubou, meine Mutter kann nämlich mit allem Exzentrischen nicht viel anfangen. Ich kam in die letzten Straßen der Vorstadt, da standen kahle Bäume und wiegten sich langsam im Wind. Ich sagte mir, warte mal lieber etwas, bevor du an ihre Tür klopfst. Ich hatte Schiß. Ich ging zu den Bäumen. Zum erstenmal sah ich so hohe Bäume, die so gut dufteten, nach Borke, nach wildem Harz, das sich direkt am Stamm angesammelt hatte, das roch nach der geballten, schlafenden Kraft des Winters. Zwischen den dicken Wurzeln der Bäume war die Erde aufgebrochen und locker, als hätten sich die Wurzeln tief hineingebohrt und sie von innen umgegraben. Ich steckte meine Nase hinein. Es duftete köstlich nach trockenem Laub vom letzten Herbst, ganz kleine bröcklige Klümpchen lösten sich, die nach Moos, Eicheln und Pilzen rochen. Darin wühlte und buddelte ich, mit diesem Geruch schien der ganze Planet in meinen Körper einzudringen, eine Jahreszeit folgte der anderen in mir, Wildgänse, Schneeglöckchen, Obstblüte, Südwind. In den Humusschichten hatten sie sich alle abgelagert und bündelten sich und drängten hinaus. Ich entdeckte eine große schwarze Trüffel und mußte gleich an die

Silvesterparty ins Jahr 2000 denken, wo ich mit all diesen aufgekratzten Leuten so viele Trüffel gegessen hatte, aber dann verblaßte das Bild wieder, ich biß in die Trüffel hinein, durch die Nase strömte mir der Duft in die Kehle, es war, als äße ich ein Stück vom Planeten. Der ganze Erdenwinter zerplatzte in meinem Mund, ich dachte nicht mehr an das neue Jahrtausend und auch nicht an mein vergangenes Leben, alles rollte sich in mir zu einer Kugel zusammen, und einen unendlichen Augenblick lang verlor ich mein Gedächtnis. Ich aß und aß. Die Trüffeln schmeckten nach Pfuhl im Frost, nach zusammengepreßten Knospen, die auf die Rückkehr des Frühlings warten, nach angespannten Trieben, die im kalten Boden brechen, nach der geduldigen Kraft zukünftiger Ernten. In meinem Bauch hing schwer der Winter, und ich hatte solche Lust, mir eine Kuhle zu suchen, einzunicken, abzuwarten. Mit allen vier Füßen scharrte ich, kackte hinein und suhlte mich darin, das war ein wunderschönes, längliches Loch voll erwachter Würmer und sprießender Wolfsmilchkeime. Die aufgeheizte Erde um mich her fing an zu dampfen, ich legte mich lang und ließ meine Schnauze auf meinen Füßen ruhen. Von meinem Rücken rutschten langsam die Erdklumpen herab, dort blieb ich lange liegen. Die erste Morgensonne kitzelte mich am Rüssel. Ich witterte den Lauf des Mondes, der gerade auf die andere Seite der Erde stürzte, der letzte Nachtwind kam auf und ein Geruch wie von kaltem Sand. Ich dachte an Yvan, und das riß mich aus meiner Kuhle hoch. Der Schmerz in meinem Bauch kehrte zurück, und ich kam wieder zu mir. Ich hatte Angst, mich vollends zu verlieren, so wie ich Yvan verloren hatte, und ich strengte mich furchtbar an, um auf die Beine zu kommen. Das tat weh. Ohne Yvan war alles so schwer. Es wäre viel bequemer gewesen, mich einfach nur gehenzulassen, zu essen, zu schlafen, dafür brauchte ich keine Anstrengung, nur Lebensenergie, und die hatte ich in meinen Saumuskeln, in meiner Sauvulva, in meinem Sauhirn, das reichte voll und ganz für ein Leben in der Saukuhle. Ich plumpste wieder in das Loch zurück, mit dem ganzen Körper. Und wieder drehte ich mich mit der Erde, atmete mit den sich kreuzenden Winden, mein Herz schlug im Takt aller Brandungen der Ozeane ans Ufer, mein Blut floß mit der Schwere des Schnees. Das Wissen um die Bäume, die Gerüche, die Humuserde, das Moos und die Farne belebte meine Muskeln. In meinen Adern pochte der Ruf der anderen Tiere, der Kampf und die Kopulation, der aufreizende Duft meiner Rasse in der Brunst. Die Lebenslust wogte unter meiner Haut, das kam von überallher, wie galoppierende Wildschweine in meinem Hirn, explodierende Blitze in meinen Muskeln, vom tiefsten Grund des Windes her, vom ältesten Ursprung der überlebenden Rassen. Bis in die letzte Faser spürte ich die Not der Dinosaurier, die Zähigkeit der Quastenflosser, und das Wissen darum, daß diese großen Fische lebten, trieb mich voran, ich kann es heute gar nicht mehr richtig erklären und weiß auch nicht, woher ich das alles hatte. Lachen Sie nicht. Inzwischen ist in meinem Kopf wieder alles verschwommen, ich konnte Yvan einfach nicht vergessen. Immer wenn es Vollmond wird, erscheint er am Himmel, jeder Vollmond, prall wie ein Bauch, stürzt mich wieder in den Schmerz meiner Liebe zu Yvan, bei jedem Vollmond stellt sich die Sau auf ihre Hinterbeine und weint. Deshalb schreibe ich, denn nur in meinem Schmerz um Yvan bleibe ich ich selbst. Sogar im Wald bei den anderen Schweinen, die mich oft mißtrauisch beschnüffeln, weil sie genau merken, daß es da drinnen immer noch so denkt wie ein Mensch. Ich bleibe hinter ihren Erwartungen zurück. Ich erfülle die Aufgaben eines Schweins nicht recht, dabei habe ich sie doch von der größten Gefahr befreit, die ihnen drohte. Als ich es endlich aus meiner Kuhle nach draußen schaffte, weil mich die hoch stehende Sonne gewissermaßen hervorzerrte, als es mir gelang, die berauschenden Düfte zu vergessen und wieder auf meinen eigenen Füßen zu stehen, könnte man sagen, da machte ich mich auf den Weg zum Haus meiner Mutter. Was ich dort fand, hatte ich wirklich nicht erwartet. Sie hatte einen kleinen Bauernhof aufgebaut, da gab es Hühner, Rinder und Schweine. Man merkte sofort, daß sie jetzt eine Menge Geld verdiente, ein nagelneuer BMW stand da und eine private Wasseraufbereitungsanlage, und überall klebte das Normsiegel des Tierschutzes, auf dem mehrstöckigen Stall, dem Hi-Tech-Schlachthaus und den blitzsauberen Kaninchenkäfigen. Ich schlenderte *inkognito* umher. Ein paar Schweine schnüffelten nach Lust und Laune im Schlamm und kamen, um auch mich zu beschnüffeln, es war ein Vergnügen zu sehen, wie wohlgenährt sie waren. Ich versteckte mich im Stall und stellte mich gleich unter die Seitenstrahl-Hygienedusche der ultramodernen Melkmaschine. Mir kam es vor, als hätte ich mein Leben lang nichts anderes gekannt, dabei stamme ich doch aus Garenne-le-Mouillé. Nachher roch ich ein bißchen nach Rinderdesinfektionsmittel, aber dank einem blauen Arbeitsanzug, der im Stall hing, und einer großen Willensanstrengung hatte ich erst mal wieder ein menschliches Aussehen. Ich glaube, was mich vorantrieb, war allein der Gedanke an Yvan. Ich wollte meine Mutter fragen, ob es ihr um mich oder um das Geld gegangen sei, ich wollte wissen, ob Yvan im Recht war, bevor er starb, und dann Schwamm drüber. Meine Mutter empfing mich mit offenen Armen, trotz des Geruchs nach Rinderdesinfektionsmittel, und sie fragte nach Yvan. Meine Mutter hatte sich gar nicht verändert, sie wirkte nur etwas erschöpfter als früher, aber auch aufgeblühter, schöner, praller, selbstbewußter. Dieser Bauernhof war ihr bestimmt eine schöne Genugtuung. Ich erzählte, daß Yvan tot war. Meine Mutter meinte, du hast dich aber furchtbar verändert, nicht wiederzuerkennen, und was hast du jetzt vor, wo Yvan tot ist, hat er dir etwas hinterlassen? Da war mir klar, daß ich nicht weiter nachzufragen brauchte, und ich stand auf. Meine Mutter sagte, du bist aber wirklich genauso dämlich geblieben wie früher, warum hast du nicht zumindest deine Schäfchen ins trockene gebracht, der hat dich ganz schön reingelegt. Und sie fügte hinzu, wenn du wirklich in der Patsche sitzt, dann werfe ich eben die Magd raus und nehme dich zum halben Mindestlohn plus Kost und Logis, im Stall ist noch Platz. Dann bot sie mir einen Kaffee an. Ich ging ohne ein weiteres Wort, ich brachte mal wieder nichts mehr heraus. Erst im Schweinekoben ging es mir besser, da konnte ich mich gehenlassen. Ich legte mich hin, selbst die Frage, was denn nun aus mir werden sollte, war mir zuviel. Ich hatte den Kopf voller Gerüche, süß, angenehm, herrlich. Ein paar Schweine kamen herein und schnüffelten an mir herum, alles nette fette Kastraten, gar nicht unsympathisch, eine dicke trächtige Sau war auch dabei, die hockte sich in eine Ecke und schmollte, als sie mich sah. In diesem ehrlichen, dichten Geruch fühlte ich mich geborgen, ich kauerte mich gewissermaßen hinein in meinen massigen und beruhigenden Körper inmitten anderer massiger und beruhigender Körper. Dieser Geruch schützte mich vor allem, das kam aus meinem tiefsten Inneren, ich war irgendwie nach Hause zurückgekehrt. Dann schrak ich hoch, als meine Mutter mit dem Futter hereinkam. Sie war verblüfft über das zusätzliche Schwein. Sie gab mir einen Fußtritt, damit ich mich umdrehte, auch sie beschnüffelte mich, und plötzlich mußte sie ganz komisch auflachen. Sie machte die Tür zu, klick klack, und die Luft war auf einmal wie aufgeladen vor Erregung. Ich konnte gar nicht schlafen, solche Wogen der Angst spülten durch den Raum und brachten alles aus dem Gleichgewicht. Meine Artgenossen wurden unruhig, ihr guter, ehrlicher Geruch wurde plötzlich sauer, voll von schlechten Hormonen, Streß und Angst. Er spaltete sich in vereinzelte Blöcke auf, jedes Schwein hatte seinen eigenen Geruch um sich herum, die Rüssel suchten nach den Mauerkanten, den Türspalten, dem Zwischenraum für die Flucht, jeder wollte den anderen in seinem Opfergeruch zurücklassen. Ich fing am ganzen Körper an zu zittern, ich begriff, daß die Horde den Schwächsten aufgeben würde. Meine Gedanken gingen jetzt blitzschnell, ich versuchte, meinen Menschenkörper wiederzufinden, doch die Panik hinderte mich an der nötigen Konzentration, jede Faser meines Schweinekörpers spürte die Räder des Lastwagens, der noch in weiter Ferne war, aber schnell näher kam, er rauschte die Straße entlang, um uns zu holen. Nun hieß es handeln wie die Affen oder die vernünftigsten unter den Hunden: ganz allein eine Lösung finden. Einer der Kastraten hat die Lösung dann gewittert, so ein Schwein ist nämlich auch sehr vernünftig. Aber er schaffte es nicht, die nötigen Schlüsse daraus zu ziehen. Er reckte seinen Rüssel nach oben zur Tür und starrte den Riegel an. Da fiel mir plötzlich wieder ein, daß es ja Schlüssellöcher gibt, Klinken und andere Verschlüsse; die Sache mit dem Kühllaster kam mir wieder in den Sinn: Man kann auch Türen öffnen, die für alle Zeiten verschlossen scheinen. Ich ging zur Tür hin, stieß alle anderen beiseite, mein Menschenkörper versuchte sich aus meinem Schweinekörper loszureißen, sich unter meinen Muskeln aufzubäumen; ich sah meinen vorderen rechten Fuß, der zitterte, der schlanker wurde, die Sehnen, die panisch unter der Haut zuckten; aber nichts kam heraus, nicht ein Fitzelchen von einem Finger. Ich versuchte, den verflixten Riegel mit dem Fuß zu packen, mit dem Rüssel, aber ich schaffte es nicht, mein Körper begriff nicht, warum er sich mit diesem Stück Stahl abrackern sollte, und bewegte sich lustlos, während sich gleichzeitig alle meine *Neuronen* bis zur Erschöpfung darauf konzentrierten, diesen einen Gedanken im Kopf zu behalten, *der Riegel, der Riegel*, es war furchtbar anstrengend, so gegen sich selbst anzukämpfen. Doch dann half mir etwas. Von weit her kam ein Parfumduft. Yerling pour hommes. Er wehte mit dem Lastwagen herbei. Ich schaffte es, mich aufzurichten, dieses Parfum erinnerte mich an mein früheres Leben, die Parfümerie, den Generaldirektor. Ein uralter Ekel, der bis jetzt ganz tief in mir dringesteckt hatte, überkam mich mit einem Schwall. Das Parfum war dasselbe, wonach der Generaldirektor am Tag meines Einstellungsgesprächs gerochen hatte. Ich versuchte, den Riegel aufzuschieben. Als die anderen sahen, wie ich mich zur Hälfte verwandelte, fingen sie an, laute Schreie auszustoßen, es fehlte nicht viel, und sie hätten den herandonnernden Lastwagen vergessen. Ich hörte die Schritte meiner Mutter, die aus ihrer Küche kam und auf den Schweinestall zuging. Da fiel ich gleich wieder auf alle viere. Jetzt war ich nur noch ein einziges brodelndes Entsetzen. Mit meiner Mutter nahte auch ein Geruch von rostfreiem Stahl, eine schneidende Entschlossenheit hing in der Luft, etwas Unausweichliches, das roch allmählich grausig nach Tod. Die Schweine rannten in ihren vier Schweinestallwänden in alle Richtungen, da habe ich ganz schön was an Tritten abgekriegt. Ich war dieses panische Gerenne einer Horde noch nicht gewohnt. Inzwischen weiß ich, daß man sich beim geringsten Gewitter sehr konzentrieren muß, um ruhig zu bleiben, um sich von der Angst, die in einem hochsteigt, nicht unterkriegen zu lassen, um das Entsetzen im Zaum zu halten, das seit dem ersten Gewitter der Welt im Bauch jedes Tieres wächst. Mit dem Tod ist es ähnlich. Der Tod bricht über mich und meine Umgebung herein, und es kommt darauf an, ruhig zu bleiben. Ich kauerte mich in eine Ecke, hinter den anderen Schweinen in ihrer Panik, und von dort sah ich die Tür aufgehen. Im selben Augenblick traf auch der Lastwagen ein und parkte vor der Tür, und wer ausstieg, war der Generaldirektor der Parfümerie. Der hatte aber kräftig zugelegt! Im Türrahmen sah ich, wie sich seine Stierschultern beugten, er küßte meine Mutter auf den Mund und betätschelte ihren Hintern mit einer gewissen Zärtlichkeit. Auf dem Laster stand *Welfare Electronics* geschrieben, aber da drinnen stank es zum Umfallen nach Kadavern; der Generaldirektor und meine Mutter belieferten den Schwarzmarkt, bei den heutigen Fleischpreisen mußte das prima für sie laufen. Der Generaldirektor war angezogen wie ein leitender Angestellter, aber meine Mutter gab ihm eine weiße Schürze und ein Seil, und dann kamen sie beide in den Schweinestall herein. Meine Mutter hielt ein großes Messer in der Hand, eine Kupferschüssel für das Blut und Zeitungspapier als Fackel, um die Borsten abzusengen. »Da hinten«, sagte meine Mutter. Sie stellte die Schüssel ab und legte das Papier beiseite. Dann kamen sie auf mich zu. Die anderen Schweine versuchten, in einem schrecklichen Gedränge zu flüchten, und plötzlich bildete sich ein großer, leerer Kreis um mich. Ich war bereit, meine Haut teuer zu verkaufen. Und meine Mutter war nicht nur eine Mörderin, sondern auch noch eine Diebin, denn sie war drauf und dran, ein Schwein zu töten, das ihr gar nicht gehörte. Ich bleckte die Zähne, und der Generaldirektor fing an zu lachen. Er warf mir das Seil um den Hals. Die ganze letzte Szene mit Yvan kam mir wieder in den Sinn, sie beherrschte meine Nerven und meinen Bauch und meine Muskeln, ich richtete mich hoch auf, in all meinem Haß und all meiner Angst, was weiß ich, in all meiner Liebe zu Yvan vielleicht. Der Generaldirektor wurde kreidebleich. Er holte zitternd einen Revolver aus der Tasche, aber ich riß ihn ihm aus der Hand. Zweimal habe ich geschossen, zuerst auf ihn, dann auf meine Mutter. Das Messer fiel mit einem scheppernden Geräusch in die Kupferschüssel. Und dann bin ich in den Wald gegangen. Einige der Schweine sind mir gefolgt, die anderen hingen zu sehr an ihrem bequemen, modernen Schweinestall und ließen sich vom Tierschutz oder von einem anderen Bauern übernehmen, wie dem auch sei, in deren Haut möchte ich heute nicht stecken.

Nun bin ich die meiste Zeit eine Sau, das ist für das Leben im Wald praktischer. Ich habe mich mit einem sehr schönen, sehr männlichen Wildschwein zusammengetan. Abends gehe ich oft zu dem Bauernhof zurück. Dann sehe ich fern. Ich habe die Mutter des Generaldirektors angerufen. An dem Tag, als das Team von *Bitte melde dich!* kam, habe ich alles vom Wald aus beobachtet. Sie haben meine Fingerabdrücke auf dem Revolver neben den Leichen gefunden, da wird die Quote aber in den Himmel schießen. Jetzt können sie mich lange suchen. Ich bin nicht unzufrieden mit meinem Los. Das Essen ist gut, die Lichtung ist bequem, die Frischlinge machen mir Spaß. Ich lasse mich oft richtig gehen. Nichts ist besser als die warme Erde um einen herum, wenn man morgens aufwacht, der eigene Körpergeruch, der sich mit dem Humusduft vermengt, die ersten Happen, die man noch vorm Aufstehen zu sich nimmt, Eicheln, Kastanien und alles andere, was man sich im Traum noch in die Kuhle geschaufelt hat. Ich schreibe immer, wenn der Saft in mir nicht mehr ganz so hoch steht. Ich bekomme Lust dazu, wenn der Mond zunimmt, in seinem kalten Licht lese ich in meinem Heft, das ich auf dem Bauernhof gestohlen habe. Ich versuche, es wie Yvan zu machen, aber mit der umgekehrten Methode: Ich recke nämlich meinen Hals dem Mond entgegen, wenn ich meine Menschengestalt wiedererlangen will.

Französische Autoren im Carl Hanser Verlag

Aimé Césaire
Gedichte
Mit einem Nachwort von Michel Leiris
Aus dem Französischen von Brigitte Weidmann
1987. 104 Seiten

Marguerite Duras
Der Schmerz
Roman
Aus dem Französischen von Eugen Helmlé
1996. 208 Seiten

Die grünen Augen
Texte zum Kino
Aus dem Französischen von Sigrid Vagt
1987. 198 Seiten

Julien Gracq
Der große Weg
Tagebuch eines Wanderers
Aus dem Französischen von Elisabeth Edl und Wolfgang Matz
1996. 296 Seiten

Julien Green
Leviathan
Roman
Aus dem Französischen von Eva Rechel-Mertens
1986. 312 Seiten

Julien Green
Mont-Cinère
Roman
Aus dem Französischen von Rosa Breuer-Lucka
1987. 256 Seiten

Der andere Schlaf
Aus dem Französischen von Peter Handke
1988. 120 Seiten

Von fernen Ländern
Roman
Aus dem Französischen von Helmut Kossodo
1988. 1008 Seiten

Moira
Roman
Aus dem Französischen von Georg Goyert
1989. 224 Seiten

Die Sterne des Südens
Roman
Aus dem Französischen von Helmut Kossodo
1990. 848 Seiten
Mit 2 Abbildungen und 5 Karten

Treibgut
Roman
Aus dem Französischen von Friedrich Burschell
1991. 264 Seiten

Jeder Mensch in seiner Nacht
Roman
Aus dem Französischen von Ernst Sander
1992. 368 Seiten

Julien Green
Der Geisterseher
Roman
Mit einem Nachwort des Autors
Aus dem Französischen von Franz Hessel
1993. 240 Seiten

Der Übeltäter
Aus dem Französischen von Anja Lazarowicz
1994. 272 Seiten

Dixie
Roman
Aus dem Französischen von Elisabeth Edl
1995. 360 Seiten

Varuna
Roman
Aus dem Französischen von Elisabeth Edl
1996. 296 Seiten

Georges Perec
Ein Kunstkabinett
Roman
Aus dem Französischen von Eugen Helmlé
1989. 112 Seiten

53 Tage
Roman
Mit einem Nachwort von Jacques Roubaud
Aus dem Französischen von Eugen Helmlé
1992. 304 Seiten
Mit 10 Abbildungen

Marc Petit
Der Riesenzwerg
Roman
Aus dem Französischen von Rolf und Hedda Soellner
1994. 369 Seiten
Mit 5 Holzschnitten

Alain Robbe-Grillet
Ansichten einer Geisterstadt
Roman
Aus dem Französischen von Hans-Horst Henschen
1977. 164 Seiten

Jacques Roubaud
Die schöne Hortense
Roman
Aus dem Französischen von Eugen Helmlé
1989. 320 Seiten

Die Entführung der schönen Hortense
Roman
Aus dem Französischen von Eugen Helmlé
1991. 304 Seiten

Danièle Sallenave
Indien oder die Verwüstung der Welt
Reiseerzählung
Aus dem Französischen von Isabell Lorenz
1996. 144 Seiten

Jean-Philippe Toussaint
Monsieur
Aus dem Französischen von Sigrid Vagt
1989. 112 Seiten

Simone Weil
Cahiers 1–4
Aufzeichnungen
Herausgegeben und aus dem Französischen
von Elisabeth Edl und Wolfgang Matz

Cahiers 1
Aufzeichnungen
1991. 392 Seiten

Cahiers 2
Aufzeichnungen
1993. 360 Seiten

Cahiers 3
Aufzeichnungen
1996. 416 Seiten

Marguerite Yourcenar
Gedenkbilder
Eine Familiengeschichte
Aus dem Französischen von Rolf und Hedda Soellner
1984. 320 Seiten

Lebensquellen
Eine Familiengeschichte
Aus dem Französischen von Rolf und Hedda Soellner
1985. 304 Seiten

Der Fangschuß
Roman
Aus dem Französischen von Richard Moering
1986. 168 Seiten

Marguerite Yourcenar
Eine Münze in neun Händen
Roman
Aus dem Französischen von Rolf und Hedda Soellner
1987. 192 Seiten

Liebesläufe
Eine Familiengeschichte
Aus dem Französischen von Rolf und Hedda Soellner
1989. 312 Seiten

Die schwarze Flamme
Roman
Mit einer Anmerkung von Marguerite Yourcenar
Aus dem Französischen von Anneliese Hager,
René Cheval und Bettina Witsch
1991. 384 Seiten

Alexis
oder Der vergebliche Kampf
Aus dem Französischen von Peter Gan
1993. 144 Seiten

Chenonceaux
Schloß der Frauen
Aus dem Französischen von Rolf und Hedda Soellner
1993. 80 Seiten
Mit 6 Abbildungen

Feuer
Erzählungen
Aus dem Französischen von Rolf und Hedda Soellner
1996. 144 Seiten